Milton Keynes UK
Ingram Content Group UK Ltd.
UKHW022208240424
441687UK00014B/577

9 781738 363803

شهر کریستال

شهر کریستال

مریم رئیس‌دانا

نشر رها
ونکوور، کانادا

نشر رها، بخش انتشارات کتاب رسانهٔ همیاری - ونکوور، کانادا
چاپ اول: ۲۰۲۴ میلادی - ۱۴۰۳ خورشیدی
همهٔ حقوق محفوظ و متعلق به نشر رها است.
هیچ بخشی از این کتاب بدون اجازهٔ مکتوب ناشر قابل بازنشر، تکثیر یا تولید مجدد به‌هیچ شکلی از جمله چاپ، کپی، انتشار الکترونیکی، فیلم، عکس و صدا نیست.

شهر کریستال
نویسنده: مریم رئیس‌دانا
ویراستار: داود علیزاده
طرح جلد: فرهاد سفیدی
صفحه‌آرایی و چاپ: نشر رها
شابک نسخهٔ چاپی: 978-1-7383638-0-3
شابک نسخهٔ الکترونیک: 978-1-7383638-1-0

Rahaa Publishing is the book publishing division of Hamyaari Media Inc.
PO Box 31055, St Johns Street, Port Moody, BC V3H 4T4, Canada
+1-604-671-9505
info@rahaa.pub
www.rahaa.pub

Copyright © 2024 by Rahaa Publishing
All rights reserved, including the right to reproduce this book or portions thereof in any form whatsoever. Without limiting the rights under copyright reserved above, no part of this publication may be reproduced, stored in or introduced into a retrieval system, or transmitted in any form or by any means (electronic mechanical, photocopying, recording or otherwise), without the prior written permission of the publisher.

Shahr-e Krīstāl
(The Crystal City)
Maryam Raeesdana
Editor: Davood Alizadeh
Cover Design: Farhad Sefidi

به‌احترام آموزگار و دوست ارجمندم
آقای محمد محمدعلی
این انسان مهربان و شوق‌انگیز
نویسنده و معلمی گران‌بها
که تا واپسین دم حیات، وجودش و کارگاه داستانش
کاستن غم‌های دوری از خانه بود

دربارۀ نویسنده

لیسانس مترجمی زبان فرانسه از دانشگاه آزاد واحد شمال تهران دارم و به زبان انگلیسی و ویراستاری آشنا هستم.

مترجمی را سال اول دانشگاه با دو نامۀ اداری صادق هدایت به‌زبان فرانسه آغاز کردم. بعدها این دو نامه در کتابنامۀ صادق هدایت با گردآوری محمد بهارلو (همسر سابقم) منتشر شد، ولی او پس از جدایی نام مرا در چاپ‌های بعدی حذف کرد.

ترجمۀ بعدی، مصاحبۀ برناردو برتولوچی با فروغ فرخزاد بود. او چند ماه قبل از مرگ فروغ برای ساختن فیلمی به ایران آمد. با فروغ مصاحبه‌ای کرد به‌زبان فرانسه و فروغ پاسخ او را به فارسی داد. برای اولین بار من این مصاحبه را به فارسی برگرداندم که متأسفانه در چاپ این کتاب نیز نامی از من برده نشد.

دهۀ هفتاد، هشتاد و نود خورشیدی، ده‌ها مقالۀ سینمایی، ادبی، پزشکی و سیاسی برای مطبوعات فارسی‌زبان داخل و خارج از کشور تألیف و ترجمه کردم، در روزنامه‌هایی مانند گزارش روز، صبح امروز، آزاد، همشهری، زنان، فصل سبز، سبزدرسبز در داخل ایران، و

مطبوعاتی مانند رادیو زمانه و شهرزادنیوز خارج از ایران.

دههٔ هفتاد و هشتاد البته سال تألیف، تهیه و گردآوری کتاب نیز بود: «نوشته‌های فراموش‌شدهٔ صادق هدایت»، «ارزیابی آثار و آرای صادق هدایت»، «صادق هدایت در بوتهٔ نقد و نظر»، مجموعه‌داستان کوتاه به‌نام «عبور»، و همچنین انتشار ترجمهٔ مجموعه‌اشعار ژاک پره‌ور، شاعر، فیلم‌نامه‌نویس و هنرمند فرانسوی، به‌همراه شناخت‌نامه‌اش در کتابی به‌نام «زمان گمشده».

سه کتاب نخست، پژوهشی در باب مجموعه‌مقالاتی دربارهٔ صادق هدایت است و نوشته‌های کمتردیده‌شدهٔ او.

مجموعه‌داستان «عبور»، اولین کتاب داستانی منتشرشده‌ام است و دربرگیرندهٔ مضامین گوناگونی چون فشارهای اجتماعی، روابط آسیب‌پذیر عاشقانه و کابوس‌هایی برآمده از فشارهای سیاسی.

«زمان گمشده»، آخرین کتابم است که قبل از مهاجرتم در ایران به انتشار رسید؛ ترجمه‌ای از اشعار شاعر فرانسوی ژاک پره‌ور، به‌همراه زندگی‌نامه و شناخت‌نامهٔ هنری‌سیاسی وی.

سال ۲۰۰۶ زمان مهاجرت من به فرانسه بود و سال ۲۰۱۰ از پاریس به کالیفرنیا.

«متلک پتلک»، کاریکلماتورهایی‌اند بیشتر در حوزهٔ طنز، که پس از چهارده سال بی‌اقبالی از انتشار در ایران، بالاخره موفق شدم سال ۲۰۱۵ آن را در آمریکا و به‌عنوان ناشر مؤلف از طریق شرکت آمازون منتشر کنم.

در تمام سال‌هایی که به‌نام زندگی رفته یا مانده، فقط ویراستاری، روزنامه‌نگاری، تألیف و ترجمهٔ کتاب شغل من نبوده، زیرا دستمزدهایی برابر با هیچ داشتند، پس برای کسب نان مشاغلی چون مدیریت روابط بین‌الملل مؤسسهٔ فرهنگی-ورزشی سایپا، تدریس در دانشکدهٔ دختران

ولی‌عصر (ایران)، آموزش مقطع پایۀ کامپیوتر و تدریس زبان فارسی (فرانسه، کالیفرنیا) را هم داشته‌ام.

و همچنان معلم و نویسنده‌ام.

جوایز

- جایزۀ اول صادق هدایت، داستان کوتاه «جزیره‌ای در دل تهران بزرگ»، تهران، ۱۳۸۲. شوربختانه ولی تا امروز یعنی نزدیک به بیست سال است که این داستان هنوز موفق به کسب مجوز برای انتشار در ایران نشده است.
- جایزۀ ادبی فستیوال داستان کوتاه اصفهان، داستان «آواز آ»، ۱۳۸۲

فعالیت‌های آموزشی

- معلم خصوصی زبان فارسی و فرانسه، کالیفرنیا، از ۲۰۱۳ تاکنون
- کمک‌مربی کودکان در کتابخانۀ آرچیبالد، کالیفرنیا، ۲۰۱۲ تا ۲۰۱۳
- معلم خصوصی زبان فارسی، پاریس، ۲۰۰۶ تا ۲۰۱۰
- مدرس دانشکدۀ هنر دختران تهران مرکز ولی‌عصر، ۲۰۰۵ تا ۲۰۰۶
- معلم خصوصی زبان فرانسه، تهران، ۲۰۰۰ تا ۲۰۰۵
- مدیر بخش روابط بین‌الملل مؤسسۀ فرهنگی-ورزشی سایپا، تهران، ۲۰۰۰ تا ۲۰۰۴

فعالیت‌های خبری و فرهنگی

- درس‌گفتارهایی دربارۀ ادبیات داستانی، کارگاه داستان‌نویسی استاد محمدعلی، ونکوور، ۲۰۲۴
- داوری مقدماتی مسابقۀ داستان‌نویسی هفته، تورنتو، ۲۰۲۳

- معرفی کتاب، هما سرشار، رادیو KIRN، کالیفرنیا، ۲۰۲۰
- پلک‌زدن میان ماهی‌ها، نمایشگاه گروهی عکس، بابل، ۲۰۱۱
- رادیو زمانه، خبرنگار، مترجم، منتقد، هلند، ۲۰۰۷ تا ۲۰۱۱
- شهرزادنیوز، خبرنگار، مترجم، منتقد، هلند، ۲۰۰۹ تا ۲۰۱۰
- شب ژاک پره‌ور از شب‌های بخارا، خانهٔ هنرمندان، تهران، ۲۰۰۶
- روزنامه‌ها و مجله‌های گوناگون در تهران، مانند آدینه، زنان، همشهری، آزاد، صبح امروز، ۱۹۹۰ تا ۲۰۰۲
- ویراستار انتشارات نگاه، تهران، ۱۹۹۶ تا ۲۰۰۵

کتاب‌های منتشرشده

- شاهزاده و گدا، ترجمهٔ انگلیسی به فارسی، مارک تواین، مؤسسهٔ انتشارات نگاه، تهران، ۲۰۲۲
- سایهٔ آسوریک، دفتر شعر، مؤسسهٔ انتشارات نگاه، تهران، ۲۰۲۰
- متلک‌پتلک، حوزهٔ طنز، کالیفرنیا، ناشر مؤلف از طریق شرکت آمازون، ۲۰۱۵
- زمان گمشده، ترجمهٔ اشعار و زندگی‌نامهٔ ژاک پره‌ور، شاعر فرانسوی، به فارسی، مؤسسهٔ انتشارات نگاه، تهران، ۲۰۰۶
- عبور، مجموعه‌داستان، مؤسسهٔ انتشارات نگاه، تهران، ۲۰۰۳
- آثار و آرای صادق هدایت، انتشارات بوم، تهران، ۱۹۹۸
- نوشته‌های پراکندهٔ صادق هدایت، مؤسسهٔ انتشارات نگاه، تهران، ۱۹۹۷
- هدایت در بوتهٔ نقد و نظر، انتشارات آروین، تهران، ۱۹۹۶

دیگر فعالیت‌ها

- انتشار چند شعر از کتاب «سایهٔ آسوریک» به‌انتخاب و ترجمهٔ

مـژده بهـار در کتـاب «آوای زاغ بـور» (Song of the Ground Jay)، انتشـارات Mage، آمریـکا، ۲۰۲۳

- گفت‌وگـو بـا پروفسـور چـاد سـوینی، مترجم اشـعار هوشـنگ ابتهاج بـه انگلیسـی، انتشـار در فصلنامهٔ بررسـی کتـاب، لس آنجلـس، ۲۰۱۳
- ترجمـه و انتشـار دو داسـتان به‌زبـان انگلیسـی، مترجـم: دکتـر مهـران تقوایی‌پـور، ناشـر مؤلف از طریـق شـرکت آمـازون، لنـدن، ۲۰۱۳
- ترجمـه و انتشـار داسـتان «تجـارت» به‌زبـان کـردی، مترجـم: بابـک صحرانـورد، مجلـهٔ گلاویـژه، اقلیـم کردسـتان، ۲۰۱۱
- انتشار پرترهٔ مریم رئیس‌دانا، مجلهٔ آوای زن، سوئد، ۲۰۱۲
- ترجمهٔ ده‌ها مقالهٔ سینمایی، ادبی، خبری از فرانسه به فارسی
- گفت‌وگو با ده‌ها نویسنده، شاعر، پژوهشگر و فعال حقوق بشر
- تألیف مقالات ادبی، سینمایی با سویهٔ تحلیل و نقد

سخنرانی‌ها

- سلسه‌نشسـت‌های فرهنگـی، شـعرخوانی، داسـتان‌خوانی و سـخنرانی در هشـت شـب مختلف در شـهرها و کشـورهای مختلـف اروپا به‌مناسـبت روز جهانی زن، هشـت مارس، سـال ۲۰۱۶: کتابخانهٔ ایرانیان **اشتوتگارت**، شـهرداری پانزدهـم پاریـس، انجمن ادبـی و فرهنگی ایرانیـان **فرانکفورت**، زنـان اکتیویسـت شـهر **کلـن**، انتشـارات آیـدا در **بوخـوم**، کارگاه **هانوفـر**، انجمـن هنـر و ادبیـات پارسـی **لندن**، اسـتودیو هنـری یس برزیـل **لندن**.
- «طنـز چیسـت و جایـگاه آن کجاسـت؟»، به‌مناسـبت انتشـار کتـاب متلک‌پتلـک، مرکـز ایرانیـان **سـن دیگـو**، کالیفرنیـا، سـپتامبر ۲۰۱۵
- مـروری بـر آثـار ادبی طنز ایران، به‌مناسـبت انتشـار کتـاب متلک‌پتلک، کانون سـخن، **سـانتا مونیکا**، کالیفرنیا، مهٔ ۲۰۱۵

- آزادی بدون مرز، واقعۀ ترور در شارلی ابدو، کانون سخن، **سانتا مونیکا**، کالیفرنیا، فوریۀ ۲۰۱۵
- داستان‌خوانی و شعرخوانی، کانون سخن، **سانتا مونیکا**، کالیفرنیا، ۲۰۱۴
- شب ژاک پره‌ور از شب‌های بخارا، رونمایی از کتاب اشعار ژاک پره‌ور، خانۀ هنرمندان تهران، ۲۰۰۶

برخی گفت‌وگوها با مریم رئیس‌دانا

- گفت‌وگوی کارول ارویه، استاد دانشگاه، نویسنده، پژوهشگر و پره‌ورشناس، دربارۀ ترجمۀ اشعار ژاک پره‌ور، پاریس، ۲۰۱۰
- مرگ فریبرز رئیس‌دانا، ایران اینترنشنال، ۲۰۱۹
- نقد و بررسی فیلم بکتاش آبتین دربارۀ فریبرز رئیس‌دانا، برنامۀ آپارات، بی‌بی‌سی فارسی، ۲۰۱۹
- گفت‌وگوی رسانۀ همیاری، ونکوور، دربارۀ آثار منتشرشده، ۲۰۱۷
- دربارۀ متلک‌پتلک، تلویزیون ایران فردا، ۲۰۱۷
- گفت‌وگوی رادیو مونترآل دربارۀ کتاب متلک‌پتلک، ۲۰۱۵
- گفت‌وگوی رادیو فرهنگ گوتنبرگ، سوئد، دربارۀ صادق هدایت و کتاب متلک‌پتلک، ۲۰۱۵
- گفت‌وگوی رادیو در نیمه‌راه شب، لس آنجلس، دربارۀ ادبیات معاصر ایران و کتاب متلک‌پتلک، ۲۰۱۵
- گفت‌وگوی رادیو ایران، لس آنجلس، دربارۀ کتاب متلک‌پتلک، ۲۰۱۵
- گفت‌وگوی تلویزیون صدای آمریکا دربارۀ طنز و تفاوتش با جوک، خاستگاه طنز، و کتاب متلک‌پتلک، کالیفرنیا، ۲۰۱۵
- دربارۀ نوشتن، تلویزیون مردم، آمریکا، ۲۰۱۳

- گفت‌وگوی تلویزیون صدای آمریکا دربارهٔ ترجمهٔ اشعار ژاک پره‌ور، کالیفرنیا، ۲۰۱۱
- معرفی شاعر و شعرخوانی، ساسان تبسمی، رادیو KIRN، کالیفرنیا، ۲۰۱۰ و ۲۰۱۵
- ادبیات ایران و ترکیه، مجلهٔ ادبی Kül Eleştiri، آنکارا، ۲۰۰۵

یادداشت نویسنده

شـهرزاد ایـن قصه‌هـا منـم، و پادشـاهی کـه قصـد جـان مـن و مـا را دارد، همانـا زجرهـا و زخم‌هـای مـن و ایران‌جـان اسـت، ایران‌جـانِ در غربـت و ایران‌جـانِ در فـلات ایـران.

«شـهر کریسـتال»، حاصـل مطالعـه و دقـت مـن اسـت بـر زندگـی زنان و مردانـی در قلـب میهـن یـا بسـیار دورتـر از مـام میهـن، در هجرتـی خواسـته و ناخواسـته از سـرِ جبر جغرافیایی. زندگی انسان‌هایی سـرگردان، شکست‌خورده از عشـق، ریـا، آلودگی‌هـای فرهنگـی و / یـا یخ‌زده در غرش ماشـین سیاسـت، ولـی مصمم بـه سـاختن چندبـارهٔ زندگی.

ایـن داسـتان‌ها از زیـر غبار بیست‌سـاله و گاه بلکـه پیش‌تـر و دورتر بیرون آمده‌انـد؛ داسـتان‌هایی کـه دسـتگاه سانسـور امکان و اجـازهٔ تجلی بـه آن‌ها را در ایـران نداد، مگـر با حذف و مثله‌شـدن.

«جزیـره‌ای در دل تهـران بـزرگ»، بـا وجـود اینکـه در سـال ۱۳۸۲ جـزو داسـتان‌های تحسین‌شـدهٔ مسـابقهٔ داستان‌نویسـی صـادق هدایـت بـود، ولی تا به‌امـروز هنـوز بخت انتشـار بدون سانسـور را در ایران به دسـت نیاورده اسـت.

پانـزده داسـتانِ ایـن مجموعـه در واقع گزیده‌ای‌سـت از ده‌ها داسـتان که

با مشورت، انتخاب و ویرایش دوست گرامی‌ام دکتر داود علیزاده، منتقد، پژوهشگر و ویراستار، سامان گرفته است.

از استادان، حسین دولت‌آبادی، نویسندهٔ خوب مقیم فرانسه، از ابوالحسن تهامی، صداپیشه و مترجم ساکن ایران، از دکتر شهناز عرش‌اکمل، نویسنده و استاد دانشگاه شریف، که با خردمندی و مهربانی رهنمودهای بسیار ارزشمندی را در تدوین این کتاب ارائه دادند، بسیار سپاسگزارم.

همچنین تشکر می‌کنم از نشر رها که با سلیقه و وسواس در بازخوانی نهایی «شهر کریستال»، آخرین ویرایش را بر این کتاب انجام دادند.

فهرست

نقطهٔ روز ۱
اِیبِل ۱۳
رز بنفش ۲۳
شهر کریستال ۳۵
مهتاب ۵۳
فصل ناتمام ۶۹
هات‌داگ کاسکو ۷۹
جزیره‌ای در دل تهران بزرگ ۸۵
میان دیوار ۹۵
سامسارا ۱۰۳
شهرت ۱۱۷
رقص باهاری ۱۲۹
لکهٔ خون ۱۳۹
خط قرمز ۱۴۳
کلاه‌گیس ۱۴۹

نقطهٔ روز

در این نقطه از روز، در این لحظه، آن بیرون هنوز تاریکی شب بر همه‌جا و همه‌چیز چیره است، ولی صبح هم لخ‌لخ‌کنان دارد سر می‌رسد و به هر نفس، خورشید یک پلک بالاتر می‌آید. از میان پلک‌هایم نگاهم می‌افتد به پرتوهای باریک نور که به‌زحمت از شکاف پنجره به داخل اتاق سرک می‌کشند.

به پهلوی چپم می‌چرخم و کف دستم را می‌کشم روی بالش سردی که دو سال تمام ونسان سر بر آن می‌گذاشت. نا ندارم بلند شوم. پلک‌هایم دوباره روی هم می‌روند؛ اما خواب دیگر رفته است، همان‌طور که سیزده ماه پیش ونسان رفت.

چه صبح نحسی بود؛ صبحی زود و سرد. شب داشت می‌شکست و اولین بارقه‌های آفتاب از درز پرده به داخل اتاق می‌دمید. با چشم‌های بسته دست کشیدم روی بالش ونسان تا چون همیشه موهای شازده کوچولویش را ناز کنم، ولی به‌جای آن موهای نرم، زبری کاغذی حس کردم.

ـ برمی‌گردم هلند.

آن سحرگاه سرد و نحس.

ونسـان گوشـواره‌هایی به مـن داده بـود؛ حلقه‌های بزرگ طلایی. به‌شـوخی گفتـه بـود: «این گوشـواره‌ها از عشـقمون یـه غـلام حلقه‌به‌گوش می‌سـازه. من عشق شـرقی می‌خوام.»

راسـت گفتـه بـود. یـک سـال، نـه، سـیزده مـاه اسـت کـه ونسـان رفتـه، ولـی مـن دیگـر نمی‌توانـم هیـچ مـردی را نـه ببینـم، نـه بخواهـم. گفتـه بود از عشـقمان غـلام حلقه‌به‌گـوش بسـازیم، ولـی فقـط مـن این حـرف را باور کـردم و جـدی گرفتـم. او رفت.

بـا بالـش ونسـان در بغل بـه پهلوی دیگـر می‌چرخم. شـب‌ها جـان می‌کَنم تـا بخوابـم و صبح‌هـا جـان می‌دهم تـا خـودم را از رختخوابم بیرون بکشـم.

دیگـر خوابـم نمی‌بَـرَد ولـی قـدرت کنده‌شـدن از ایـن رختخـواب را هم نـدارم. بایـد بلنـد شـوم. امـروز بـا روزهـای دیگـر فـرق دارد. روز بله‌گفتـن بـه تـن نیسـت. تکانـی بـه تـن افسـرده‌ام می‌دهـم ولـی گویی مـرا بـا طناب بـه زمیـن دوخته‌انـد. تمـام جـان خـودم را به کـف دسـت‌هایم می‌فرسـتم و طناب‌هـای فرضـی را چنـگ می‌زنـم و خـودم را از تخـت بیـرون می‌کشـم.

دو لتـهٔ پنجـرهٔ چوبـی را از هـم بـاز می‌کنـم. همه‌چیـز مرطـوب اسـت. رطوبـت در همه‌جـا رخنه کـرده. بیـخ پنجره‌ها خزه بسـته. باد و رطوبـت در تنم می‌دونـد. لته‌هـای چوبـی را بـاز می‌گـذارم و پنجره‌هـای شیشـه‌ای را می‌بنـدم.

از شـب قبـل تـا همین دم، رگبـار چنان تند و شـلاق‌وار بـر همه‌چیز فرود می‌آمـد کـه گویـا قرار اسـت زمیـن از طـرف خدایـان مجـازات شـود، ولی حالا از آن خشـم آسـمان، از آن رگبار و شـلاقش خبری نیسـت.

دو شـات قهـوه، این حال خسـته را بلکه خـوب کند. اولی سـیاه و تلخ مثل زندگـی، دومـی سـیاه و سـفید بـاز هـم مثـل زندگـی. اولـی را مثل شـات عرق سـر می‌کشـم. دومـی را بـا کمی شـیر و قاشـقی شـکر در فنجان قهـوه‌ام. حالا تابلویـی امپرسیونیسـتی در فنجانـم دارم. گرمـای قهـوه و تلخـی دُردش خواب

را از تنم به بیرون پرت می‌کند. جرعه‌جرعه که می‌نوشم، بندی از شعر پِرِه‌ور را هم با صدای بلند برای خودم می‌خوانم: مرد بلند شد / کلاهش را به سر گذاشت / بارانی‌اش را به تن کرد / چون باران می‌آمد / و رفت / زیر باران / بی‌هیچ حرفی / بی‌هیچ نگاهی / و من سرم را گرفتم میان دست‌هایم / و گریه کردم.

نمی‌توانم گریه کنم.

دوباره می‌خوانم: و رفت / زیر باران / بی‌هیچ حرفی / بی‌هیچ نگاهی.

یعنی شهلا هم حالا حس و حال همین زن را دارد؟ حس و حال همین زن که این شعر را روایت می‌کند؟ یعنی گریه می‌کند و غمگین است؟

آه، باید بروم. باید هر چه زودتر بروم. شهلا و پرنسس منتظرند. باید به گورستان برویم.

آسمان هنوز رنگ روز به خود نگرفته است؛ سربیِ غلیظ، و ناگهان دوباره باران شروع می‌شود. چرق چرق چرق، شُر شُر شُر. تمام صداهای شهر در این صدا مستور می‌شوند. شیروانی‌ها، پنجره‌ها، ماشین‌ها همه به این ریتم منظم تن می‌دهند. چیزی معلوم نیست، همه‌چیز پشت تارهای باران و تگرگ محو شده است.

قهوهٔ ته فنجان نقش پا را نشان می‌دهد. من هم پا می‌شوم. باید بروم. پیراهنِ سیاهی می‌پوشم. مژه‌ها را سیاه‌تر می‌کنم، پلک‌ها را دودی با خط چشم سیاه، رژ کم‌رنگ قهوه‌ای، کفش‌های پاشنه سه‌سانتی سیاه و گوشواره‌های حلقهٔ طلایی به گوشم.

ساختمان‌های بلند در دو سوی این خیابان باریک، آسمان را چنان از نظر پنهان کرده‌اند که سهم کوچکی از آن را می‌توان دید.

آسمان آرام گرفته است. ابرهای بزرگ خاکستری با باد می‌روند و ابرهای خاکستری دیگری جایشان را می‌گیرند. هوا نمناک و زمین خیس

است؛ اما قطرهٔ بارانی نیست. انگارنه‌انگار تا دقیقه‌ای پیش دیوانه‌وار تارهایش را به درودیوار می‌زد.

در پایان رمان آهستگی، ونسان سوار موتورسیکلتش می‌شود تا با سرعت براند. شب قبل ونسان نتوانسته بود با ژولی کنار استخر عشق‌بازیِ موفقی داشته باشد. ژولی را از دست داده بود و بعد مسحور جذبهٔ سرعت می‌خواست شکست را فراموش کند. کوندرا، در همین کتاب از مادام ت و شوالیه می‌نویسد که دویست سال پیش به‌آهستگی رابطه‌ای را شروع می‌کنند تا شبی بالاخره به عشق‌بازی می‌رسند. خاطرهٔ خوبی از این شب برای شوالیه باقی می‌ماند. مادام ت با مهارت و دلبری و به‌آهستگی می‌داند چه وقت به تقاضا پاسخ دهد، عرضه و تقاضا به یک میزان باید بالا بروند، وگرنه معادله و معامله خوب پیش نمی‌روند؛ اما ونسان و ژولی، جوان‌های امروزی‌اند.

ـ من آماده، تو هم آماده، پس بریم تو رختخواب.

رابطه خوب شروع می‌شود، ولی پایان رضایت‌بخشی ندارد. صبح روز بعد ونسان، به‌جای «خودگوش‌بُری» سوار موتورش می‌شود تا با سرعت براند. عصر سرعت است. عصر موبایل‌ها و لپ‌تاپ‌های لمسی. عصر غذاهای فست‌فودی. عصر سریع‌ترین چیزهای ممکن. رابطه‌های به‌سرعت پیش‌رونده، به‌سرعت تمام‌شونده و من با خودم فکر می‌کنم یعنی من در عشقم به ونسان خیلی تند رفتم؟

باید بروم. باید بروم دنبال شهلا و پرنسس. ماشین را روشن می‌کنم. پنجره را پایین می‌کشم تا هوای ماشین عوض شود. برف‌پاک‌کُن، شیشهٔ جلو را از قطره‌های باقی‌ماندهٔ باران پاک می‌کند.

در این سیزده ماه، هر بار که از محلهٔ پوان دو ژور گذشته‌ام، چقدر دعا کرده‌ام که ونسان در ایستگاه پوان دو ژور سوار شود و با یکدیگر

به خانه برویم. مثل آن موقع‌ها، مثل قبل‌ترها، قبل‌تر از این سیزده ماه نحسی که گذشت.

«نقطهٔ روز»، پوان دو ژور، یعنی ما برای خودمان ترجمه‌اش کرده بودیم «نقطهٔ روز» و کاری نداشتیم که این اصطلاح در فرانسه چه معنایی می‌دهد. آهِ سنگینی را با نفس بیرون می‌دهم. چقدر با هم دربارهٔ این «نقطهٔ روز» پرحرفی کرده بودیم. دستی به گوشواره‌ها می‌کشم. چه در فارسی، چه در فرانسه کلمهٔ «روز» فقط یک نقطه دارد. شپش با آن هیکل کوچکش نه تا نقطه دارد؛ و روز با این بزرگی‌اش فقط یک نقطه. چقدر خندیده بودیم.

اتوبوسی جلوتر از من در ایستگاه توقف می‌کند. خط عوض می‌کنم. چراغ قرمز می‌شود.

برایش تعریف کرده بودم که سحرگاهِ روزی در قرن هجدهم، یعنی با اولین بارقه‌های نور صبح در آسمان، نوهٔ لویی چهاردهم با جناب کنتی دوئل می‌کند و کنت کشته می‌شود، از آن به‌بعد اینجا را پوان دو ژور نام‌گذاری می‌کنند. ونسان از خنده ریسه رفته و گفته بود: «جدی‌جدی خدا رو شکر اون دوره و زمونه تموم شده. چه بدبختی بزرگی بوده که مردی برای خاطر زنی مرد دیگه‌ای رو می‌کشته.»

لبخندی زده، دستش را میان دستم فشرده و گفته بودم: «ولی ونسان، غیر از جنبهٔ ترسناک ماجرا، فکر کن الآن دیگه کسی برای کسی نمی‌میره.»

ونسان گفته بود: «چه بهتر!»

به این ابداع خودم «نقطهٔ روز» فکر می‌کنم. نقطهٔ روز چیست؟ کجاست؟ آن اولین بارقه‌های صبح، آن نخستین پرتوهای روز، آیا نقطهٔ عزیمتی دارد؟ عزیمت روز در چیست؟ در تولدش؟ در دوباره آمدنش؟ دوباره از آخر به اول رسیدنش؟ از شب به صبح شدنش؟ یعنی همان است

که صائب تبریزی می‌گوید: آن روز می‌شویم ز سرگشتگی خلاص / کانجام ما به نقطهٔ آغاز می‌رسد؟

نقطهٔ عزیمتِ روز وقتی‌ست که ما از سرگشتگی خلاص شویم؟

چراغ سبز می‌شود. کمی گاز می‌دهم. من چه وقت از شر این عشق خلاص می‌شوم؟ یادم می‌افتد دیروز عصر که برای همدردی و تسلیت رفته بودم، شهلا گفت: «پرنسس تمام ظرفا رو شکسته.»

بعد گردنش را نشان داده بود که جای چنگ پرنسس بود.

- شهلا! زمان، زمان حلّال مشکلاته. بچه‌ست. هنوز تین‌ایجه. زمان لازم داره.

خودم هم می‌دانستم دارم حرف چرتی می‌زنم، اما خب چه باید می‌کردم؟ چه باید می‌گفتم؟ سکوت می‌کردم؟ یا باید می‌گفتم پرنسس حق دارد؟ و شهلا جواب داده بود: «پس خودت چی؟ سیزده ماه گذشته، چرا دست برنمی‌داری؟»

جوابی نداشتم بدهم. گفته بود: «تو می‌دونی این دختر ازت حرف‌شنوی داره، اما این روزها پیدات نیست. هیچ معلومه کجایی؟»

شهلا، من که فقط دو سال با ونسان زندگی کردم این‌طور نفسم تنگ شده است، تو چطور می‌توانی تحمل کنی؟ بعد از بیست و پنج سال؟

باز چراغ قرمز و عابران پیاده.

دیروز دم غروب همان‌طور که در بالکن ایستاده بودیم، پرنسس در آغوشم ناله می‌کرد: «خاله‌جان، درست تا دو روز پیش، پونزده سال می‌شد که بابا برام مثل یه مادر بود.»

- عزیزم، از این به‌بعد هم با عشقش مواظبته.

- تو خواب سکته کرده. کسی خونه نبوده. طفلک بابای بیچاره. منِ احمقم که مدرسه بودم، هیچ فکر نمی‌کردم این‌طوری بشه.

رنگ طلایی غروب افتاده بود روی خرمن موهای بلوطی‌اش و نسیم بازیگوشانه چنان آن‌ها را نرم‌نرمک پریشان می‌کرد انگار که گرده‌هایی از طلا در هوا موج برمی‌داشت. بازوهای نازکش را ناز می‌کردم.

- به این فکر کن چقدر راحت مرده؛ رنج نکشیده.

- نه، شهلا بابا رو اذیت می‌کرد. مثل همیشه با داد و فحش از خونه رفته بود بیرون.

- این‌طوری در مورد مامانت حرف نزن.

خودش را از میان دست‌هایم بیرون کشیده، قدمی عقب گذاشته بود: «بچه که بودم همیشه از بابا سؤال می‌کردم، مامان وقتی با تو قهر می‌کنه کجا می‌ره؟»

- پیش یه دوست.

- کدوم دوست، بابادرویش؟

- نمی‌دونم، پرنسسِ بابا.

می‌رسم جلو آپارتمان شهلا، پلاک شانزده، خیابان سنک دیامان. با موبایلم زنگ می‌زنم. می‌آیند پایین. شهلا جلو می‌نشیند و پرنسس پشت سر مادرش. در لباس سوگواری زیباتر از هر روز دیگری شده، حتی غم هم او را سحرانگیز کرده است. موهای شلال بلوطی تا کمر، رها روی بازوها، سر و گردن. قد بلند، اندام باریک و لوند، یک فم فتل[1] پانزده‌ساله؛ اما پرنسس کجا و شهلای آن روزگار کجا؟ شهلا، خوشگل‌ترین دختر دانشگاه، شهلا خوشگل‌ترین دختر فامیل، شهلا خوشگل‌ترین دختر محله. نگاه من و شهلا به یکدیگر است. چشم‌های سبزآبی‌اش هنوز شهلاست. چشم‌ها پرغصه ولی بدون نم اشکی. پرنسس ماتش برده به بیرون از پنجره، نگاهش به جایی دور است.

1- femme fatale

شهلا می‌گوید: «می‌بینی سرنوشت منو؟ اومده بودم خیر سرم پاریس درس سینما بخونم و هنرپیشه بشم.»

پرنسس شیشهٔ سمت خودش را پایین می‌کشد و می‌گوید: «چه خودخواه! اون مرده و تو به فکر خودتی!»

شهلا چیزی نمی‌گوید، ولی من با ناراحتی از میان آینه به او نگاه و اشاره می‌کنم که بس کند. با تحقیر و نفرت نگاه از من می‌گیرد و به بیرون چشم می‌اندازد.

سرشانهٔ شهلا را نوازش می‌کنم: «غصه نخور. درست می‌شه.»

شهلا پوزخندی می‌زند: «غصه؟ کجا بودی پونزده سال پیش که درویش به‌خاطر هروئین افتاد زندان. پرنسس یه‌روزه بود.»

ـ دیگه گذشته. بهش فکر نکن.

متوجه می‌شوم پرنسس لب‌هایش را می‌جود تا حرفی نزند که اوضاع خراب‌تر شود.

ـ آره گذشته. خدا رو شکر که پونزده سال پیش نیس. اون موقع من از همکارام قایم می‌کردم مبادا اگه چیزی گم بشه، بگن کار شوهر هروئینی منه.

باد افتاده است به میان موهای پرنسس. شیشه را بالا می‌کشد. بعد با تمسخر و تقریباً فریاد می‌گوید: «هان که چی؟ این حرفا رو می‌زنی تا مثلاً بگی تو بی‌گناهی؟ آره؟ هان؟»

بعد ناگهان جیغ می‌زند و گریه می‌کند: «ای کاش تو به‌جای اون می‌مردی.»

می‌زنم روی ترمز و ماشین‌های پشت‌سری بوق پشت بوق. دوباره راه می‌افتم.

شهلا ساکت است. زیرچشمی به من نگاه می‌کند و سری تکان می‌دهد. لب‌هایش از غصه به هم فشرده شده است. دیروز دور از جمع

توی گوش پرنسس گفته بودم: «شهلا هم غصه داره.»
پرنسس توجهی نکرده بود. نمی‌خواست بشنود. حرف خودش را می‌زد: «ازش متنفرم. متنفر.»
- نه عزیزم، این حرفو نزن.
- تقصیر اونه. همه می‌دونن. تو هم می‌دونی. بابا حالش خوب بود. اصلاً معلومه شبا کجا می‌ره؟
دنده عوض می‌کنم، سرعت می‌گیرم.
- می‌بینی؟ پونزده سال زحمت بکش، بچه بزرگ کن، بعد تو روت بگه، ای‌کاش تو می‌مردی!
پرنسس با لحن مسخره و طعنه می‌گوید: «تو؟ تو منو بزرگ کردی؟ درویش زحمت منو کشید.»
شهلا برمی‌گردد به عقب و این‌بار با غیظ می‌گوید: «راستی؟ چه کسی صبح تا غروب سر کار می‌رفت و پول خونه رو می‌داد؟»
- به من چه؟ می‌خواستی نری.
- اگه من نمی‌رفتم سر کار، چه کسی خرج ما رو می‌داد؟ به اون که کار نمی‌دادند. حال و روزش رو یادت رفته؟
پرنسس به تمسخر و با صدای بلند می‌خندد: «اینا همه بهونه‌ست تا بری دنبال عشق و حالت. همه می‌دونن تو کی هستی.»
دچار اضطراب می‌شوم. دستم روی فرمان می‌لرزد. سر پرنسس داد می‌زنم: «بس کن دیگه، دختر. خجالت بکش.»
هیچ‌وقت این‌طور با او حرف نزده بودم. از خودم خجالت می‌کشم. او هم شرمنده می‌شود. دقیقه‌هایی به سکوت می‌گذرد. متوجه نگاه خیرهٔ شهلا به خودم می‌شوم.
- هان! چرا این‌طوری به من زل زدی؟

با اخم می‌گوید: «باز که این گوشواره‌ها رو انداختی به گوشِت؟ کِی می‌خوای دست برداری؟»

ـ من عشق شرقی دارم. شاید برگرده.

با اطمینان خاطر عجیبی می‌گوید: «هرگز بر نخواهد گشت.»

یک چشم به جاده، یک چشم به شهلا می‌پرسم: «تو از کجا می‌دونی؟»

به‌آرامی، انگار که بخواهد بگوید چه قهوهٔ تلخی، می‌گوید: «چون درویش ازش خواست.»

انگار که جن دیده باشم، می‌پرسم: «درویش؟ به درویش چه ربطی داشت؟ خل شدی؟»

ساکت است. لب‌هایش به هم دوخته شده. مثل یک خط صاف.

ـ حرف بزن شهلا. چرا لال شدی؟

دلم می‌لرزد. دلم آشوب است. دست‌هایم روی فرمان قرار ندارند. پرنسس از صندلی پشت خم شده به جلو، میان من و مادرش. شهلا از میان لب‌هایش که به دندان گرفته است، می‌گوید: «خب، گفتنش سخته...»

ـ هر چی می‌دونی، بگو.

ـ ونسان فقط مواد برای درویش نمی‌آورد. اونا عاشق هم بودن.

پرنسس از پشت شروع کرد به لگدزدن به پشت کمر شهلا و کشیدن موهای خودش و فحش‌دادن. چشم‌هایم تار می‌شود. دوچرخه‌سواری میان من و یک وانتی می‌راند. چیزی نمانده زیرش بگیرم. ترمز می‌کنم. می‌کشم کنار. می‌ایستم. سرم به دَوَران می‌افتد. آرنج‌هایم روی فرمان. سرم میان دست‌ها. چیزی نمی‌شنوم. نمی‌دانم چقدر می‌گذرد. پنج دقیقه؟ نیم ساعت؟ بالاخره سر بالا می‌گیرم. چشم‌های شهلا خیس است.

ـ متأسفم که تا حالا بهت نگفتم. نمی‌خواستم اذیت بشی.

پرنسس از پشت جیغ می‌کشد: «دروغ می‌گه. دروغ می‌گه. حرفاش رو باور نکن.»

- دروغ نمی‌گم. اگر خواستی، ایمیل‌هاشونو نشونت می‌دم.

حالا پرنسس در سکوت دست‌هایش را از دو طرف روی گوش‌ها میان موهایش فرو کرده، با تردید و متفکر به شهلا نگاه می‌کند.

سر قبر، دوستان و آشناها به‌نوبت پرنسس و شهلا را بغل می‌گیرند و در گوششان حرفی به دلداری زمزمه می‌کنند. حالا مثل مورچه‌های کارگر پشت سر هم به‌صف، با رزِ زردی در دست، یکی پس از دیگری به بالای قبر می‌آیند و گل را روی تابوت درون گور پرتاب می‌کنند؛ آخرین هدیهٔ زنده‌ها به این مرده، در این لحظه از روز، در این نقطه از روز. درویش حالا آرام خوابیده، سرگردانی‌ها و اضطراب‌هایش تمام‌شده است، اما دنیا بی‌خیال از مردن و نبودن او مانند میلیاردها سال پیش دارد پیش می‌رود.

پرنسس سر گور درویش ایستاده، سرش را روی شانه‌ام گذاشته است. سر که بلند می‌کند، متوجه دست نوازش مادر بر بازویش می‌شود. آن را پس نمی‌زند، به او پشت نمی‌کند، ولی به چشم‌های شهلا نگاه هم نمی‌کند. از روی کاغذ شعری را که دیشب برای بابادرویش نوشته، با صدای پر از لرز و دودلی می‌خواند. لحظه‌ای بعد شاخه‌گلی زرد و پاکت نامه در هوا می‌چرخند و در قبر فرو می‌افتند. سه زن با عینک‌های سیاه به‌سوی گور می‌روند. باز هم پرواز رزهای زرد و بعد سقوطشان در قعر گور.

نوبت من است. گل زرد پرپری در دست دارم. گوشواره‌ها را درآورده‌ام. سوزن گوشواره‌ها در گودی مشتِ فشرده‌ام فرو می‌روند. چه می‌سوزد کف این دست. چه می‌سوزد گوشهٔ این چشم‌ها. اشک دیگر چرا؟ برای خودم؟ برای شهلا، برای پرنسس؟ باید این گوشواره‌ها را از خودم

دور کنـم. باید در گورشـان کنم. بفرستمشـان بـه جهنم، نه، بـه جهنم نه، به دنیـای مـردگان. پرتـاب می‌کنـم. گوشـواره‌ها کمانـی سـقوط می‌کنند روی گل‌هـای زرد روی تابـوت. کـف دسـتم می‌سـوزد. نـگاه می‌کنـم، خط‌های سرنوشـتم بـا رد خـون پررنـگ شـده‌اند. سرنوشـت، خـونِ آدم را می‌کِشـد، رس آدم را می‌گیـرد تـا زندگـی شـاید رنـگ بگیرد، جـان بگیرد، معنـی پیدا کنـد. ای سـوزن‌ها، ای گوشـواره‌ها. ای عشـق حلقه‌به‌گـوش! ای بندگـی! بردگـی! به گـور بروید.

شـهلا به همـه حتی به من می‌گوید که لازم نیسـت کسـی تا خانه‌شـان بـرود. می‌خواهـد بـا پرنسـس تنهـا باشـد. حتـی می‌گویـد می‌خواهنـد بـا تاکسـی برگردند.

در رمـان آهسـتگی آمـده اسـت: «وقتی داریـم به‌سرعت راه می‌رویـم و ناگهـان چیـزی بـه یادمـان می‌آیـد، قدم آهسـته می‌کنیم تا بهتر بـه آن فکر کنیم.»

از گورسـتان کـه دارم بیـرون مـی‌روم چنـان به‌سـرعت قدم برمـی‌دارم که خطـوط کاشـی‌های زمیـن زیـر پاهایم محـو می‌شـوند، خط می‌شـوند.

ونسـان گفته بـود که بعضـی مردهای مسـن از مردهای جوان خوششـان می‌آیـد، درسـت مثـل بعضـی مردهـای مسـن کـه زن‌هـای خیلـی جـوان را دوسـت دارند.

۱۶ ژوئیهٔ ۲۰۰۷

اِیبِل

روی ماسه‌های سفید ساحل، کف‌موج‌های دریا نرم‌نرمک لیز می‌خورند کف پاهایش.

کف‌موج‌ها هر بار که این کار را می‌کنند، او را از جایش تکان می‌دهند و بعد می‌فهمد الآن است که دیگر روی ماسه‌ها راه برود. دیگران می‌گویند خیالات است، اما خودش می‌گوید: «اوه، فقط خدا می‌دونه چقدر ماسه‌سواری کردم و چقدر دریاسواری.»

مدت‌هاست که چنین حرف‌هایی را فقط به سینتیا می‌گوید، چون فقط اوست که باور می‌کند. شب که می‌شود روی تخت کنار هم می‌خوابند. ناگهان پَمولا، اِیبِل را می‌بیند که می‌آید به اتاق‌خواب، لیوانی در دست دارد. به پمولا اشاره می‌کند: «بیا بیرون!»

پمولا پتو را تا روی سرش بالا می‌کشد. سینتیا کنارش خوابیده است. دستش را می‌گذارد روی شانه‌اش و صدایش می‌کند: «سینتیا!»

ـ چیه؟ خوابم میاد!

ـ سینتیا، ایبل می‌گه باهاش برم بیرون. بهش بگو دست از سرم برداره.

سینتیا بی‌آنکه رویش را برگرداند، جواب می‌دهد: «هی پمولا، ایبل نیست، بذار بخوابم.»

- نمی‌خوای دعواش کنی؟ الآن پا می‌شه همه‌چیزا رو می‌شکنه ها!

- نه. نمی‌شکنه. بگیر بخواب.

پمولا ساکت می‌شود و دیگر چیزی نمی‌گوید. چشم‌هایش را می‌بندد تا بخوابد، ولی ایبل آهسته می‌آید و از زیر پتو نیشگونی از رانش می‌گیرد. از درد می‌خواهد جیغ بکشد، ولی ایبل دستش را از روی پتو می‌گذارد روی دهانش. کم مانده خفه شود. پتو را پس می‌زند. ایبل این بار در آستانهٔ در ایستاده و دوباره اشاره می‌کند.

- پا شو بیا!

دندان‌های زردش از لای لب‌های کبودش زده بیرون.

- چقدر تو داری منو مسخره می‌کنی.

چشم‌های قد نخود ایبل از لای پف پلک‌هایش روی ران پمولا می‌چرخد. جای نیشگون دوباره درد می‌گیرد.

- پا شو بیا، خیکی!

ایبل حالا لبهٔ تخت نشسته است. بلند می‌شود که برود. پم گلدان روی پاتختی را بلند می‌کند تا از پشت بزند توی سرش، ولی ایبل رفته و گلدان از دست پم رها شده است. می‌خورد زمین و می‌شکند. سینتیا بیدار می‌شود. پا می‌شود و می‌نشیند. لامپ پاتختی سمت خودش را روشن می‌کند.

- چته؟ چرا نمی‌ذاری بخوابم؟

یک سیگار مارلبرو لایت از پاکت بیرون می‌کشد. آتش می‌زند. پکی عمیق و دودش را که بالا می‌دهد، دوباره سرش را پایین می‌اندازد و ساکت می‌شود.

پم می‌گوید: «ایبل اینجاست.»

- نیست عزیزم!

- یادته اون سالی که رفته بودیم قایق‌سواری. من و تو و ایبل؟

می‌خواهد حرف بزند ولی می‌افتد به هق‌هق و گریه امانش نمی‌دهد.

سینتیا می‌گوید: «خوب یادمه، پمولا. گریه نکن. چته؟ گلدون رو واسه چی پرت کردی؟»

پم می‌گوید: «گریه‌م انگار تموم شد، حالا نفسم وصل شد. دیگه سرت پایین نیس. داری منو نیگا می‌کنی. یعنی دوسم داری؟»

سینتیا می‌گوید: «همیشه دوسِت دارم.»

- مامان وقتی داشت می‌رفت بهشت، خال‌های روی صورتمو ناز کرد. بعد هم مال تو رو.

- آره پمولا.

- چقدر لباش خندید. به ما می‌گفت خال‌دوقلو.

سینتیا دستی به ناز می‌کشد به موهای بور پم. پم می‌گوید: «بعدش گفت عاشق هم باشین، مواظب هم باشین.»

می‌زند زیر خنده.

- هان؟ چیه؟ اول گریه می‌کنی، حالا می‌خندی؟

- چشمم افتاد به خرس مهربونِ روی لپت. ایناها. منم دارم.

- آره تو هم داری.

پم خال‌های روی صورت سینتیا را ناز می‌کند.

- عین همون که مامان تو عکس آسمون نشون داده بود. شکلات می‌دی؟

سینتیا کشو کنار تخت را باز می‌کند و سه تکه شکلات با طعم شیر به او می‌دهد. پم همه را با هم در دهان می‌گذارد و می‌بلعد.

- چقدر... چقدر خوبه.

انگشت‌هایش را لیس می‌زند، و لیوان آب روی میز را یک‌نفس تا

ته سر می‌کشد. سینتیا با ملایمت چانهٔ پم را با انگشتش بالا می‌گیرد.
- نمی‌گی چی شد؟
بعد دست‌های پم را میان دست‌های خودش می‌گیرد.
- سینتیا!
- جانم پمولا. بگو.
- چقدر دوست دارم تو به من می‌گی پمولا. همه به من می‌گن پم. دوست ندارم به من می‌گن پم.
- چرا دوست نداری؟
- مامان گفته بود پمولا یعنی تمام عسل. وقتی اسم منو می‌شکنن، عسل‌ها نصف می‌شن، کم می‌شن. نه سینتیا؟
- نه پمولا، نگران نباش. تو همیشه عسلی، همیشه شیرینی.
- سینتیا چقدر لبت داره می‌خنده. چقدر چشات نه.
سینتیا سرش را پایین می‌گیرد و به چپ و راست تکان می‌دهد. پم صورتش را ناز می‌کند.
- چیه پمولا، چرا هی نازم می‌کنی؟
- اینا، این خرس مهربونو ناز می‌کنم. عین منه. ما دوقلوییم؟
- نه نیستیم، من خیلی از تو بزرگ‌ترم. تو وقتی دنیا اومدی، من بیست سالم بود. بهت گفتم چند بار. باز یادت رفت؟
- یادم نرفته بود. می‌خواستم مطمئن بشم.
سینتیا بلند می‌شود، روبه‌روی آینه می‌ایستد و با کش موهایش را دم‌اسبی می‌بندد. خرده‌های شکستهٔ گلدان را برمی‌دارد و می‌ریزد توی سطل آشغال.
- همه منو دوس ندارن. بهش گفتم من و تو دوقلوییم، روی صورتمون خرس داریم.

سینتیا می‌نشیند لبهٔ تخت و یک قلپ از لیوانش می‌نوشد.

- بهم می‌گفت دخترهٔ خیکیِ خرس گنده. تو عقلت کمه.

- تو خوبی، خرس گنده نیستی. فقط هیفده سالته.

- منو اذیت می‌کنه. هی تنم رو فشار می‌ده. ببین امشب منو نیشگون گرفت.

سینتیا ران پم را ناز می‌کند.

- چقدر دهنش بوی بد می‌ده. چقدر همه‌ش داد می‌زنه. من ازش می‌ترسم.

- نترس. دیگه نمیاد.

- اومده بود که. با تو دعوا می‌کرد. چقدر همه‌چیزو دیدم. من دیدم.

- چی دیدی؟

- مامان می‌گفت مواظب هم باشیم. من مواظبتم.

- چی‌کار کردی؟

- پایین پله‌ها بودی. خوابت برده بود؟ من مواظبتم. دیدم چی‌کار کرد.

سینتیا یک قلپ دیگر می‌نوشد و پم را در آغوش می‌گیرد.

- من ازش می‌ترسم.

- نترس. اون دیگه نیست.

- هست. هست. من دیدمش. اینجا بود.

سینتیا پم را از سینهٔ خود جدا می‌کند و به صورتش نگاه می‌کند.

- کابین. ایستاده بود روی همون کاشی‌های تق‌ولق بالکن. لیوان، دستش. کنار نرده‌ها.

سینتیا ساکت فقط نگاه می‌کند.

پم دست‌هایش را مثل دو پرانتز باز می‌کند و می‌گوید: «اوووووه، زیر بالکن چقدر رودخونه بود! چقدر سنگ، چقدر گنده.»

سینتیا هر دو دست پم را میان دستانش می‌گیرد و به چشم‌هایش خیره

می‌شود و می‌گوید: «ولی پمولا جان، ما که کابین نیستیم. ما بالکن نداریم اینجا. رودخونهٔ کلورادو هم نیستیم. پنج ساله که دیگه اونجا نرفتیم. اینجا خونهٔ خودمونیم. دوطبقه نیست. یه‌طبقه‌س. پا شو بیا خونه رو نشونت بدم.»

سینتیا دست پم را می‌گیرد و می‌برد تا خانه را نشان بدهد: «ببین اینجا آشپزخونه، اینجا حموم، اینجا دست‌شویی. جز من و تو کسی اینجا نیست. حتماً خواب دیدی. اینجا خونهٔ خودمونه، نه رودخونه، نه کابین. ایبل هم نیست. فقط من و تو.»

- چقدر باید گریه کنم. چقدر باید گریه کنم.

- گریه نکن. گریه نکن. گفتم که حتماً خواب دیدی.

- صبحه. تو می‌خوای بری بیرون. بهت می‌گه برام بخر. تو می‌گی نمی‌خرم.

- پمولا. خواهش می‌کنم شروع نکن.

- بلند می‌شه بیاد تو رو بزنه. تو فرار می‌کنی طرف پله‌ها. چقدر ازت دوره. کمربندش درمیاد. می‌افته دور پاهات.

سینتیا نفس عمیقی می‌کشد: «منو نگاه کن، پمولا. من خوبم.»

- چقدر از پله‌ها سُر می‌خوری. چقدر صدات می‌کنیم.

- پم، به‌خدا من خوبِ خوبم.

پم به جایی در فضا خیره مانده است.

- خون، خون. پله‌ها خون، زمین خون. دکتر.

سینتیا دست‌هایش را چنگک می‌کند دور بازوهای پم و به‌شدت تکانش می‌دهد.

- پم، پم، ما اینجاییم. کابین نیستیم. منم خوبم.

پم تلاشی نمی‌کند خودش را از قلاب دست‌های سینتیا نجات

دهـد، داد می‌زنـد: «دروغ‌گـو. تـو دروغ می‌گـی.»

سینتیا بازوهای پم را رها می‌کند.

- دروغ نمی‌گم.

- چقدر دروغ می‌گی به دکتر. گفتی پام پیچ خورد افتادم.

سینتیا سیگار دیگری روشن می‌کند. جرعه‌ای از لیوانش می‌نوشد.

- اگه راست می‌گفتم، پلیس می‌بردش زندان.

- به من کوکاکولا می‌دی؟

قوطـی خنـک را می‌گـذارد روی پیشـانی‌اش. بـازش کـه می‌کنـد، فیسـی صـدا می‌دهـد. غش‌غـش می‌خنـدد و بعـد قورت‌قـورت می‌خـورد.

- هر وقت قورت‌قورت بخورم، تو چقدر می‌خندی، حالا نه.

می‌روند به حیاط و می‌نشینند روی تاب سفید فلزی.

- پم، الآن کجاییم؟

پـم نگاهـی به دوروبـر می‌انـدازد. قوطی قرمـز کوکاکولا را نشـان می‌دهد و می‌گویـد: «خونه. ایبل نیسـت.»

- نه نیست. حالش خوب نبود.

- تو رو می‌زنه. چقدر اذیت کرد.

- خب گفتم که، حالش خوب نبود.

- منم.

- تو چی؟

- می‌گه خیکی دیوونه. من دیوونه‌م؟

- نه نیستی، عزیزم. نیستی.

- می‌گـه همـه دیوونـه‌ن، تـو بیشـتر. می‌گـه چـی می‌شـد به‌جـای بـرادرم تـو می‌مـردی!

سینتیا سیگارش را میان ریگ‌های زیر پایش خاموش می‌کند.

- بهش می‌گم تو حق نداری بهم بگی دیوونه. من تمام نمره‌هام «آ»ست.

- حالا که دیگه نیست این حرفا رو بزنه.

- می‌گه آره هیفده سالته کلاس اولی. می‌گه دیوونهٔ خیکی.

منتظر است سینتیا حرفی بزند، ولی سینتیا خاموش است. ادامه می‌دهد: «من اون بالکن رو دوست دارم. می‌دونی چرا؟»

- نه عزیزم. چرا؟

- اون سنگ‌های گندهٔ زیر بالکن. آب چقدر محکم می‌خوره بهشون. بعد می‌پرن روی پاهام. چقدر خوشم میاد.

سینتیا سر پا ایستاده است و لیوان در دستش. پم روی تاب نشسته و با پاها خودش را عقب و جلو می‌دهد: «تو می‌گی کنار نرده‌ها نرو. خطرناکه. لقه.»

- آره. خطرناک بود. دیدی آخرش چی شد؟

پم بی‌وقفه خودش را تاب می‌دهد.

- من کاری‌ش نداشتم.

لیوان در دست سینتیا به زمین می‌افتد و به هزار تکه می‌شکند. تاب را نگه می‌دارد و روی زمین جلو پای پم زانو می‌زند.

- مگه قرار نذاشتیم دیگه حرفشو نزنیم. معلومه که تو کاری‌ش نداشتی. اون شب مست بود، مثل همیشه. پلیس هم که گفت نرده‌ها لق بوده.

سینتیا بلند می‌شود و کنار پم روی تاب می‌نشیند.

پم می‌گوید: «برادرش چرا مرده؟»

یک دستش را می‌گذارد روی سرشانهٔ پم و دست دیگرش را میان دست می‌گیرد: «ایبل وقتی داشته به دنیا می‌اومده یه برادر دوقلو

داشته، برادرش می‌میره و ایبل زنده به دنیا میاد. یعنی اسم برادرش رو روش می‌ذارن.»
- مث من و تو که دوقلوییم؟
- ما دوقلو نیستیم.
- بچهٔ تو هم مرد؟
- آره. مرد.
- چقدر تقصیر اون بود. چقدر برادرش مُرده. اگه باز اذیت کنه...
سینتیا پم را می‌چسباند به روی سینه‌اش و به‌آرامی شروع می‌کند به هق‌هق.
- چقدر داری گریه می‌کنی.
پم هم به گریه می‌افتد.
- دیگه نمیاد پمولا جان. نمیاد.

۲۰۱۲

رز بنفش

ملودی با مشت‌های محکم کوبید به سینهٔ ناهید. هلش داد به سه‌کنج دیوار.
- زنیکهٔ کثافت، مگه خودت تو این چهل سال چی کردی؟
رگ‌های سبز روی دو شقیقهٔ ملودی متورم شده بود.
- زنیکهٔ جنده، می‌کشمت. بیکار عوضی. خیکی مفت‌خور.
حالا صداهای نامفهومی از گلویش بیرون می‌آمد. تلاش می‌کرد به صورت ناهید ناخن بکشد اما دستش نمی‌رسید چون ناهید هم در آن سه‌کنج برای دفاع از خود دست‌ها را چون سپری به چپ و راست، بالا و پایین حرکت می‌داد. دست‌های ملودی در هوا چنگ می‌انداختند تا بلکه به موهای ناهید برسند. هر چه می‌کرد، نمی‌شد. ناگهان چون زرافه‌ای گردن کشید و ساعد ناهید را گاز گرفت. جیغی در آن دادوهوار دیوار صوتی خانه را شکست.
ناهید پی گریزگاهی بود و نمی‌یافت. تقلا می‌کرد، چپ و راست می‌شد، ولی نمی‌توانست دستش را از میان دندان‌های ملودی که چون چنگک قصابی در بازویش فرورفته بود، بیرون بکشد. نفس ناهید به خس‌خس افتاد و تنگ شد. تمام توان را در دست آزادش جمع کرد و

انداخت به یقهٔ ملودی. چیزی توی مشتش آمد. کشید. گردن‌بند پاره شد. مرواریدهای سفید از بند رها شدند و هریک به سویی غلتیدند. ملودی مرواریدهای سرگردان روی زمین را که دید، ناهید را رها کرد. دل‌بستهٔ این گردن‌بند بود. هدیهٔ تولد دوست‌پسرش بود. می‌توانست برایش بمیرد اما در نهایت پسر گفته بود تو لیاقت عشق مرا نداری و رفته بود. چشم‌های وحشت‌زدهٔ ملودی دنبال دانه‌های مروارید روی زمین می‌چرخید.

لیاقت عشق مرا نداری.

دانه‌های عشق هر یک به سویی می‌گریخت.

لیاقت!

این واماندگی مهلتی شد برای ناهید تا فرار را بر قرار ترجیح دهد. جستی زد به طرف در خروجی و پرید. ملودی پشت سرش خیز برداشت، ولی هنوز هیچی نشده دیر شده بود. به او نرسید. مرغ از قفس پرید. ملودی با همان شتاب که پریده بود نقش زمین شد و تا به خود بیاید و بلند شود و تعقیب را از سر بگیرد، ناهید دیگر نبود ولی در بیرون از خانه فریادهای ملودی را می‌شنید:

- I fuck you. I hate you. Motherfucker!

ناهید از پرچین شمشادها گذشت. زمین زیر پاهایش در آفتاب چهل درجهٔ کالیفرنیا تنور سوزانی بود که کف پاهای برهنه‌اش را می‌سوزاند. آب دهانش را قورت داد. بوی خون در دماغش پیچید. گوشهٔ لبش می‌سوخت. جای دندان روی بازوهایش زُق‌زُق می‌کرد. تا می‌آمد کبودی یک جای تنش خوب شود، جای دیگرش با حمله‌های بی‌رحمانهٔ ملودی بنفش و زرد می‌شد. جیغ و فحش‌های دختر در سرش تکرار می‌شد:

I fuck you,. you are in my bad dreams.

نخل‌های تنومند اطرافش شروع کردند به چرخیدن. زمین زیر پایش

لیز خورد و تا بیاید خودش را بگیرد، پاهای لاغر استخوانی دیگر طاقت نگه‌داشتن آن بالاتنهٔ سه‌طبقه و پیه‌های عظیم‌الجثه دور شکم را نداشت. فرش زمین شد. کشان‌کشان خود را به سایهٔ باریک درخت نخلی رساند. کف دست و سر زانوها خراشیده بود و خون می‌آمد. هیچ حس دردی نداشت. انگار بی‌حس شده بود. چشم‌هایش روی هم رفت. با هیاهوی بچه‌های دوروبَر استخر، چشم‌هایش دوباره باز شد. چقدر گذشته بود؟ یک دقیقه؟ یک ساعت؟ نمی‌دانست! فقط می‌دانست که هنوز از آسمان آتش می‌ریخت. بلند شد. به سمت خانه رفت. از میان درِ بازمانده چون ماری به درون خزید. برخلاف داد و فریاد ساعتی قبل، سکوت خانه را برداشته بود و صدای برداشتن سوئیچ در آن سکوت رقیق بسان صدای ناقوس کلیسا بود. از ترس سر جایش به موکت کرم‌رنگ پر از لک‌وپیس میخ شد. نفس را در سینه نگه داشت و گوش داد. تنها صدایی که می‌شنید کوبش قلبش بود. دوباره به‌نرمیِ ماری روی موکت سرید تا رسید به پادری چرک جلو در. سندل‌های بندانگشتی‌اش را پا کرد و بی‌آنکه در را قفل کند یا روی هم بگذارد، از خانه در رفت.

روکش سیاه چرمی ران‌هایش را سوزاند. دادش درآمد. فحش را کشید به آفتاب و هوای داغ کالیفرنیا، به تابستان، به شرکت بنز، به ماشین‌های روکش چرمی و شوهرش که فقط بنز می‌خرید. شوهری که بنز می‌خرید، ولی خانه‌ای نداشت و سال‌به‌سال از این خانه به آن خانه مستأجر بودند. کوسنی از صندلی پشت زیر پاهای لختش گذاشت. آفتاب پرزور هر چیزی را جلو چشمانش سفید می‌کرد. عینک آفتابی دسته‌شکسته را روی دماغش گذاشت و استارت زد، اما تا موتور گرم و کولر خنک شود، از هفت چاک بدنش عرق روان شده بود.

توی خانهٔ مادرش روی اولین کاناپهٔ نزدیک در ولو شد. درِ این خانه

همیشه باز بود، فقط شب وقت خواب آن را قفل می‌کردند. داد زد: «مااااماااان!»

مادر با واکر لنگ‌لنگان در چارچوب اتاق‌خواب نمایان شد. چشمش که به ناهید افتاد، زد توی سرش.

- خدا مرگم بده. چی شده، مامان؟ چرا سر و روت این‌طوره؟

- اول یه چیکه آب بده. گلوم خشکه.

- آخه چی شده باز؟ دارم سکته می‌کنم. دستش بشکنه. یقین دوباره...

- نفسم بالا نمیاد. یه چیکه آب بده اول.

- باشه، باشه.

ناهید لیوان آب را که گذاشت روی لبش: «اَه این چیه آخه. آب گرم؟ من می‌گم تشنمه.»

با حرکتی چنان تند و ناگهانی بلند شد که کاناپه روی سنگ‌های سفید اتاق عقب رفت و غیژ کشید. از یخچال شیشه‌ای آبجو برداشت، یک‌نفس تا نصفه سر کشید. با فندک و نخی سیگار به حیاط رفت که نیم‌دیواره‌ای سنگی مرزش بود با محوطهٔ چمن‌کاری محله. روی صندلی فلزی توری سفید نشست. با اولین پک، اولین دود، هق‌هق گریه از گلویش بیرون پرید. مادرش لنگ‌لنگان تازه رسیده بود به آستانهٔ ورودی حیاط و اتاق نشیمن. همین‌که خواست از هشت‌دری بگذرد و برود طرفش، ناهید از جا پرید. این بار صندلی فلزی روی سیمان جیغ‌ویغ کرد. سیگار را کوباند توی زیرسیگاری. سیگار از کمر شکست، ولی آتش خاموش نشد. زیرسیگاری بلور لرزید، چپه شد روی میز شیشه‌ای و بعد افتاد کف سیمانی حیاط و این بار جرینگ و هزار تکه.

- چرا لبت خونیه؟ چرا گوشهٔ چشمت کبوده؟ روی بازوت چی شده؟ یقین باز کتکت زده.

ناهید داد زد: «برو کنار ببینم.»

مـادر، همچـون سـتونی از گوشـت، هنـوز روبه‌رویـش در آسـتانه ایسـتاده بـود. سـدی برابـر دختر، نه مهلت داشـت عقب بـرود، نه جا داشـت جلو برود.

- برو گم شو کنار. دارم بالا میارم.

ناهیـد کـه موقعیـت را تنـگ دیـد، پنـج قـدم رفـت عقـب. گوشـهٔ باغچـهٔ کوچـک، یـک بوتهٔ بـزرگ رز بنفش بود، یادگار باباسـرهنگ. عـق زد. بالا آورد.

مادر گفت: «یادگاری بابات؟»

* * *

شـام، باقالی‌پلـو بـا ژیگـو، غـذای موردعلاقـهٔ ناهیـد روی میـز بـود. کولـر را خامـوش کرد تا غذا سـرد نشـود. ناهید از عصـر تا حالا تـوی اتاق‌خواب روی تخـت افتـاده بـود. تـا ناهیـد بیاید سـر میـز، مادر پنـج کفگیـر باقالی‌پلـو توی بشـقابش ریختـه بـود بـا تکـهٔ بزرگـی ژیگـو دارچینی و سـس. ناهید نشسـت. موهـای زبـر طلایـی‌اش مثـل موهـای اینشـتین سـیخ مانده بـود. با هر قاشـق باقالی‌پلـو، یـک تکـه ژیگو به دهان می‌گذاشـت و مشـتی سـبزی‌خوردن! مادر بی‌وقفـه لقمه‌هـای غـذا را می‌بلعیـد، حواسـش بـه ناهیـد هـم بـود. پرسـید: «بالاخـره می‌گـی چـی شـده یا نـه؟ از بعدازظهـر تا حـالا اینجایی. یـک کلمه حـرف بـزن، خب. یقیـن شـیرین کتکـت زده، هان؟»

گونه‌هـای چـاق و خراشـیدهٔ ناهیـد سـرخ شـد، قاشـق را پرت کـرد توی بشـقاب پلـو، صدایش رفـت بالا: «بـاز گفتی شـیرین؟ مگه قرار نشـد بهش بگیـم ملـودی؟ بابـا ایـن دختر که دیگـه اینجا بـه دنیـا اومده.»

مادر سـرش را گرفت پایین و نجوا کرد: «کسـی که نیسـت بشـنوه. حالا بگو چی شـده؟»

- می‌گـه می‌خـوام برم هالیوود، هنرپیشـه بشـم. پـول می‌خواد. شـب تا صبح گریـه می‌کنـه. روزها هم خـودش رو توی اتاقـش زندانی کرده، بیـرون نمیاد.

- آخه چرا؟ دختر به‌این خوشگلی!

- خوشگل؟ اگه این حرف رو بهش بزنی، فکر می‌کنه داری مسخره‌ش می‌کنی. می‌گه من که پهلوهام چاقه. باید ساکشن کنم!

مادر جرعه‌آبی قورت داد و گفت: «خب جوونه، سنی نداره که. با چار تا ورزش درست می‌شه. همه‌ش سی سالشه.»

ناهید لقمهٔ گنده‌ای ژیگو گذاشت دهانش و با دهان پر از غذا گفت: «دندوناش چی؟ نه سفیده، نه مرتب، باید بلیچ کنه.»

- خب بکنه.

- با کدوم پول؟

- مگه من هفتهٔ پیش هزار دلار بهت ندادم؟

- اون رو که دادم برای کرایهٔ خونه‌ش.

مادر از خوردن دست کشید. سینه‌ای صاف کرد. کف دستش را نشان داد: «بیا بکَن. اگر تو مو دیدی، من هم دیدم. نیست. رفت تا ماه دیگه.»

- هست یا نیست. باید نجاتم بدین. چطور برای اون یکی نوه‌ت کردی؟

- اون پول پیش برای مطب می‌خواست، فقط یه بار. من الآن پنج ساله دارم به شماها پول می‌دم.

- می‌گه سی سالمه. دیگه کِی باید معروف بشم؟

مادر به سرفه افتاد. کمی آب نوشید: «آخه مادر، گیریم چند ماه هم رفت محلهٔ هالیوود و خونه گرفت. اگه کار پیدا نکرد، چی؟ چاره‌ش اینه؟»

ناهید دوباره قاشق استیل را ول کرد توی بشقاب چینی، جرینگ و صدای خودش هم جیغ شد: «اَهَه، چاره‌ش اینه؟ چاره‌ش اینه؟ همه‌ش همینو می‌گی.»

مادر دست‌هایش را رو به آسمان باز کرد: «الله‌اکبر. استغفرالله. اصلاً باباش کجاس؟ همچین پدری اجازه می‌ده دخترش بره هالیوود؟»

ناهید خروس‌جنگی شد. از پشت میز غذاخوری پرید بیرون. فریاد زد: «باباش کجاس؟ من چه می‌دونم کدوم گوریه؟ رفته جهنم! یه زنگ نمی‌زنه. شیش ماهه رفته ایران. معلوم نیست کدوم گوریه.»

مادر ترجیح داد حرفی نزند. ناهید با همان تُن بالا ادامه داد: «تا این بچه می‌خواد یه کاری بکنه، مرتیکه اصل و نسبش رو پیش می‌کشه که اگه آشناها در ایران بفهمن، آبروم می‌ره!»

- خب منم همین رو می‌گم. فرض کن الآن این پول جور شد، باباش فردا بیاد، تکلیف چیه؟ یقین می‌گه نه.

- لازم نیست همین رو بگی. پول می‌دی یا نه؟

- ممد مشهدیه بابا. اون که اجازه نداد دخترش با داریوش توی فیس‌بوک دوست بشه، حالا اجازه می‌ده دخترش بره هالیوود هنرپیشه بشه؟ اصلاً مگه کسی بهش پیشنهاد بازی داده؟

- پول می‌دی یا نه؟

مادر کف یک دست را زد به پشت آن یکی، نگاهش را به سقف انداخت: «من پول ندادم رفت کالج بازیگری؟ کرایه‌خونه‌ش تو لس آنجلس رو نمی‌دم؟ قسط ماشینش رو نمی‌دم؟ براش سفرهٔ ابوالفضل نذر کردم. ایشاالله حالش خوب می‌شه.»

ناهید از این پا به آن پا می‌شد، روی دماغ و پیشانی‌اش نم عرق نشسته بود، یقهٔ پیرهنش را جلو گرفت و داخل سینه‌اش فوت کرد.

- ایشاالله ماشاالله نکن برام. حالش خوب بشه؟ مگه حالش چطوریه؟ این نذر و نیازا به چه دردی می‌خوره؟ دو ماه پیش هم قلیاب و سرکه قاطی کردی فوت کردی ریختی گوشه‌های خونه. دختر من تو هالیوود خونه می‌خواد. سفرهٔ ابولفضل نمی‌خواد.

مادر برخلاف ناهید با آرامش غیرمنتظره‌ای گفت: «درد این دختر

این چیزا نیست، مادرجان. خودت هم خوب می‌دونی. آدم به‌خاطر هنرپیشه‌شدن هر روز مادر خودش رو کتک نمی‌زنه. تمام تنت زخم و کبوده. چرا؟ خودتو گول نزن. دوست‌پسرش هم برای همین ولش کرد. پسره همه‌چیزو بهت گفت. نگفت؟ نگفت با مردای زن‌دار می‌ره. اول باید این دختر درمون بشه. می‌گفت مواد...»

ناهید برخلاف دقیقهٔ قبل با خونسردی مرموزی جواب داد: «مزخرف نگو، مثل اون پسرهٔ ایکبیری. این وصله‌ها به بچهٔ من نمی‌چسبه.»

- پسره ملودی رو دوست داشت. مهندس معمار، خوش‌تیپ. ایکبیری نبود. ملودی هم می‌مرد براش.

ناهید آرزویش این بود که آن پسر دامادش شود، ولی جوابی نداد و شروع کرد به جمع‌کردن میز شام. سکوتی برقرار شده بود.

- کار چی شد؟ قرار بود بری سر کار.

ناهید می‌دانست انگار امشب نمی‌تواند پولی از مادرش تلکه کند، پس برای اینکه دل مادر را به رحم آورد، گفت: «آخه تو این سن و سال و بدون تجربه کی به من کار می‌ده؟» بعد همین‌طور که برای خودش چای می‌ریخت، پرسید: «چایی می‌خوری؟»

- آره دخترم، دستت درد نکنه.

یک استکان چای ریخت. داشت به استکان چای نیمه‌پر آب‌جوش اضافه می‌کرد که شنید: «پررنگ باشه بی‌زحمت!»

ناهید نفسی بیرون داد که یعنی وای از این اُردها. قوری را برداشت تا چای بیشتری اضافه کند، ولی همین‌که خواست قوری را سر جایش روی کتری بگذارد، باز شنید: «پررنگ‌تر بی‌زحمت!»

سر برگرداند تا چشم‌غره‌ای برود به اُرددادن‌های پیرزن، اما فکرش پیش بچه بود، هنوز کسی جز مادرش خبر نداشت، در همین حین بند

تـوری آسـتینش گیر کرد به شـیر کتری. خواسـت خودش را پس بکشـد، کتری و قـوری از روی اجـاق کشـیده شـدند و برگشـتند روی شـکمش. هـول شـد، اسـتکان را رهـا کـرد، خـودش را پـس انداخـت. قوری چینـی واژگـون بر کف سـنگی آشـپزخانه بـه هـزار تکـه، چـای پخـش زمیـن، کتـری گوشـهٔ دیگری، خـودش ولـو روی صندلـی، جیغـش بـه هوا.

ـ آه، خـاک بـر سـر همه‌چیز. سـوختم. سـوختم. حالا نمی‌شـد همون چایـی رو می‌خـوردی؟ باید مـدام همه‌تون منـو بسـوزونین و بدبختم کنین؟ یـه ذره پررنـگ، یه ذره کم‌رنـگ چه فرقی داره؟ سـوختم سـوختم. ای خدا!

مادر سنگین و کند از جایش بلند شد؛ واکر به‌دست، قربان‌صدقه‌گویان.

ـ آخ، الاهی بمیرم برات.

ـ لازم نکـرده بمیـری. اونـی کـه داره می‌میـره منـم نـه تـو. جونـت درمیـاد پـول بـدی بـه این دختـر. داره از دسـت مـی‌ره. حرف مـردم رو بـاور می‌کنی که معتـاده و فـلان و فـلان، حـرف منـو نه. اصـلاً چـرا ماهـا رو ورداشـتین آوردین اینجـا، تـوی ایـن مملکت؟ تـو ایران گماشـته داشـتیم. راننـده داشـتیم. زندگی لاکچـری. ویلای شـمال، قایق‌سـواری. اون‌همه بـرو بیا، کیا و بیـا. حالا چی؟

مـادر بـا واکـر، لنگ‌لنـگان و هن‌هن‌کنـان از این کابینت بـه آن کابینـت دنبال پمـاد سـوختگی می‌گشـت. درِ کابینت‌هـا بـاز می‌شـدند، بسـته می‌شـدند بلکـه پمادی پیدا شـود، اما پماد پیدا نشـد. کیسـهٔ یخی آماده کرد و داد دسـت دخترش.

ـ بیـا ایـن رو بـذار روش، تـاول نزنـه. دخترجـان، انقلاب شـده بـود. به ارتشـیا می‌گفتـن سـاواکی. چـه برسـه بـه بابای تـو که بـا دربـار رفت‌وآمدی هـم داشـت. اگـه مونده بودیـم، یقیـن اعدامـش می‌کردن.

به خود گفته بود دیگر جواب ندهد، ولی باز طاقت نیاورد.

ـ بعـد هـم مگه مـن به ایـن دختر این‌قـدر کمک نکـردم! چـی‌کار می‌کنه پـولا رو؟ هان؟ اگه راسـت باشـه که با مـردای زن‌دار...

زار ناهید به هوا بود.

کیسه را گذاشت اول پشت دستش، بعد بلوزش را بالا زد و روی پیه‌های قلمبه‌سلمبهٔ شکمش.

- خودم اینجا سوخته. بچه‌ام اونجا تنها و گرسنه.
- راستی بچه رو چی کار کردین؟ سپردی بهزیستی؟

ناهید خودش را زد به نشنیدن. مادر ادامه داد: «الانه که ملودی بهت زنگ بزنه و بگه خوبه و گرسنه‌س. اما تو کی می‌خواهی واقعیت رو قبول کنی؟»

حرف در دهان مادر تمام نشده پیام تلفنی برای ناهید آمد. به زحمت خودش را به موبایل رساند.

- hi mom. i love u. so sorry. i love u. believe me. i miss u. when u come back? im hungry.

انگار کیلوکیلو بار از روی دوشش برداشتند. نفسش به‌زور بالا می‌آمد. نفس عمیقی کشید. بندهای سوتین را از دست‌ها درآورد، بعد سوتین را روی شکم پایین کشید. قزنش را جلو آورد و بازش کرد. آسوده خود را روی صندلی رها کرد. دستی روی قلبش گذاشت، آه کشید. با دست دیگر کیسهٔ یخ روی شکمش. مادر بالای سرش.

- مامان‌جان، بهتری؟
- پا شم برم. دخترم خونه تنهاس. گرسنه‌س.

کیسهٔ یخ را روی میز انداخت. مادر با نیم‌نگاهی به کیسهٔ یخ، سری تکان داد و گفت: «آره برو. براش باقالی‌پلو هم ببر. یقین هنوز شام نخورده!»

- مگه اون از این چیزا می‌خوره؟ هنوز نفهمیدی؟ یه ذره ژیگو براش می‌برم.

ـ باشه مامان‌جان، هر کاری دوست داری بکن. هر چی دلت می‌خواد براش ببر. یقین خیلی گرسنه‌س.

به نزدیکی خانه که رسید، تلفن زنگ زد. جواب نداد چون نمی‌خواست حال خوبش را با هیچ خبری خراب کند. شب در بستر موقع خواب به پیام تلفنی‌اش گوش کرد: خانوادهٔ خوبی نوهٔ شما را به فرزندخواندگی پذیرفته است.

۲۰۱۳

شهر کریستال

تلفنم زنگ می‌خوره تا به خودم بجنبم و بخوام از تخت بیام پایین، زرزرش قطع شده. اسم مرضیه روی صفحهٔ گوشی افتاده. اصلاً حوصلهٔ کسی رو ندارم. خواب فتانه رو هم که دیدم. کسلم، نمی‌خوام کسل‌تر بشم. می‌دونم، مرضیه حتماً باز می‌خواد از غم و غصه‌ها و بدبختی‌هاش بگه. از فتانه، خواهرشوهرش، از اینکه داره با نفهمی زندگی خودش و بچه‌ش رو به باد می‌ده. از فامیلاش تو ایران که همیشه انتظار دارن براشون سوغاتی بفرسته. از این حرفای صدتایه‌غاز؛ البته دختر خوبیه. نه اینکه دوستش ندارم و نمی‌خوام باهاش حرف بزنم، ولی همه‌ش می‌خواد از همه ایراد بگیره. این اینو گفت، اون اونو گفت. خیلی روزا بهش گوش می‌دم و آرومش می‌کنم، ولی وقتی خودم نا ندارم و از رمق افتادم، دیگه چطوری می‌تونم به حرفای یکی دیگه گوش بدم. اخلاقای خوب هم داره، مثلاً وقتی می‌فهمه من مریضم و دوباره دیسک کمرم گرفته، از لاس وگاس تنهایی یا یه وقتایی هم با شوهرش رضا می‌کوبه میاد تا از من نگه‌داری کنه. خونه رو تمیز می‌کنه. می‌ره خرید و یخچال رو پر از میوه می‌کنه، غذا می‌پزه، ولی غر هم می‌زنه. می‌دونم بالاخره امروز باید

باهاش حرف بزنم وگرنه ول‌کن نیست. اینه که بهش تکست می‌دم که فعلاً بیزی[1] هستم و بعد خودم بهت می‌زنگم. جواب می‌ده: «باشه عزیزم، پس منتظرتم. آخه نمی‌دونی چی شده که. دلم خونه. از صبح که بیدار شدم، حتی دست‌وروم هم نشستم. الآن تو جاده‌ایم. داریم میایم پیش شماها.»

دست‌ورونشُسته می‌رم حیاط. زیر آفتاب منتظر می‌شینم تا چایی دم بکشه. رب دو شامبر حوله‌ای رو دور تنم می‌پیچونم. از دیشب تا حالا یکهو پاییز اومده به سانتامونیکا. هوا سرده. دمای تن منم که همیشه پایین. همیشه سردمه و همیشه هم همه دارن اعتراض می‌کنن که چرا من این‌قدر لباس می‌پوشم. احمقا، آخه به شما چه مربوطه که من سردمه. خب سردمه دیگه. حالا مگه شما باید به‌جای من یه جُل مثل کت یا شال همیشهٔ خدا آویزونتون باشه که این‌قدر غر می‌زنین؟ مگه شما هر طور لباس می‌پوشین، من کاری به کارتون دارم؟ واقعاً که چه ملت بیکاری. به سرد و گرم آدم هم کار دارن. همین‌طور که تو آفتاب نشستم، یادم می‌افته به اون بعدازظهر بهاری که یکهو سرما توی گردنم دوید. یقهٔ کتم رو که روی گردنم بالا کشیدم، یکی‌شون تیکه پروند: «وای تو این هوا گل نمی‌چاد، تو چرا سردته؟» یکی از اون مهمونی‌های مبتذل خانوادگی بود؛ از اون مهمونی‌هایی که مجبوری از روی احترام و کوفت و ادب بری. روز مادر زهرماری یا روز پدر کوفتی، خلاصه یه همچین چیزی، عید نوروز، کریسمس یا یه کوفت دیگه. طبق معمول ایرانی‌ها همه‌جا، حتی توی عروسی هم باید بحث سیاسی و مذهبی کنن. فتانه که یه قلب گندهٔ الماس گردنش آویزون کرده بود و یه انگشتر زمرد به‌بزرگی دماغش هم به انگشتش، با یه لیوان آبجو تو یه دست و نخ سیگاری تو دست دیگه، با مینی‌ژوپ تنگ آبی، یه لنگ لاغرش رو که

1- busy

رگ‌هاش زده بود بیرون، انداخت روی لنگ محترم دیگه‌ش و شروع کرد به سخنرانی که کسی به امام علی حرف نزنه. امام علی فِیوِریت[1] منه، به اون حق ندارین چیزی بگین. بعد قورت‌قورت آبجوش رو خورد. نگاش افتاد به من و پشت چشمی نازک کرد که: «اِوا، هوای به این خوبی، تو چرا این‌قدر لباس پوشیدی؟» آخ که ای‌کاش حرف دلمو بهش زده بودم که همه مثل تو شوفاژ تو کونشون نمی‌سوزه. ولی گفتم: «اینکه فقط یه کت بهاریه.» فتانه زیر گوش پری وروری کرد و بعد هِرّوکِرّشون بلند شد. آه، یعنی اینا این‌قدر بی‌تربیتن که تو شصت‌سالگی هم هنوز یاد نگرفتن که توی جمع درِگوشی حرف‌زدن زشته؟

چشمم افتاد به شوهرم که مثل توپ تنیسی که بخوره به دیوار و با همون سرعت برگرده سر جای اولش، از حیاط پرتاب شد تو سالن، سیگارش رو از روی میز برداشت و دوباره برگشت به حیاط و ادامهٔ هِرّوُکِرّ و سیگاردودکردن با مردها. زن‌ها جدا، مردها جدا. کی باورش می‌شه اینجا آمریکاست؟ حتی گوشهٔ چشمی نگاه نکرد ببینه زنش در چه حالیه، کجاست و چه می‌کنه؟ فتانه با چنگال یه تیکه کیک دو برابر اندازهٔ دهنش چپوند تو حلقش. بالاتنهٔ پنج طبقه‌ش رو روی کاناپه جابه‌جا کرد. بعد با همون دهن پر گفت: «وای نمی‌دونم چرا هرچی رژیم می‌گیرم، باز این بالام لاغر نمی‌شه؟ آخ از این پاهای لاغر. ای‌کاش لااقل همه‌جام یه تیکه چاق بود. تو چی‌کار می‌کنی همه‌ش لاغری؟»

اصلاً نذاشت جوابی بدم چون چشمش یهو تنگ شد به ساعت فریال. با نوک آرنج زد به پهلوی تپل‌مپل فریال که: «وای چه ساعت خوشگلی! چه بدجنس! چند خریدی؟ رولکسه؟»

واتس‌اپم شروع کرد به زلینگ و زولونگ، ولی تا خواستم بهش

1- favorite

برسم، زنگش قطع شده بود. داشتند می‌گفتند یه فال‌گیر تازه از ایران اومده که خیلی آینده رو درست می‌گه. هم قهوه و هم ورق. تبلیغش رو توی مجله دیده بودن. سرش این‌قدر شلوغه، سه ماه یه بار وقت می‌ده. مرضیه با سینی چای از آشپزخانه اومد و پرسید: «هماجون، کی بود؟»
- مادرم. قطع شد. فکر کنم اینجا آنتن نمی‌ده.

مرضیه با سینی چای، یکی‌یکی جلو همه رفت. حس کردم چشمام شد قد در قابلمه. اولین بار بود که می‌دیدم تو یه مهمونی زن‌ها جدا و مردها جدان؛ زن‌ها تو اتاق و مردها تو حیاط. مثل زمان قاجار؛ اندرونی و بیرونی. مرضیه چایی‌ها رو که تعارف کرد، اومد نشست کنارم. تا خفگی نیم وجب فاصله داشتم. انگار سرم رو زیر آب نگه داشته بودن و نمی‌تونستم نفس بکشم. خداخدا می‌کردم دوباره واتس‌اپم زنگ بخوره تا به‌هوای اینکه تو سالن آنتن نمی‌ده برم حیاط و بعد بیرون‌تر، دورتر، بلکه نفسی بکشم. خدای واتس‌اپ صدام رو شنید و زنگ خورد.

زیر این آفتاب لایزال الهی، چای خوبم رو جرعه‌جرعه با کیف فرو می‌دم. باز صدای پیام تلفن. باز مرضیه‌س. نمی‌ذاره با این بهترین نوشیدنی دنیا با خیال راحت و جرعه‌جرعه حال کنم. عاشق صبحم واسه همین چایی‌ش. آخه چی می‌خوای، مرضیه‌جوون؟ تو رو خدا دست از سر کچل ما بردار.

- هماجون، گفتم که من و رضا تو راهیم، داریم میایم پیشتون. دو سه روزی. داریم فرار می‌کنیم. می‌خواستم تلفنی بهت ماجرا رو بگم که برنمی‌داری. زود بهم زنگ بزن.

چشمم به رنگ آبی می‌افته میون برگای زرد و سبز چنار بالای سرم. این پاییز لاجون، به ضرب و زور فقط تونسته بعضی برگای چنار رو زرد کنه. از نارنجی خبری نیست. آه، ای خدا. دوباره تو این طایفه چی شده؟

پس باید ناهار درست کنم، یعنی یه روز هم آرامش ندارم. می‌خواستم امروز برم سر کتاب و ترجمه‌ها. برمی‌گردم آشپزخونه یه استکان چایی دیگه برای خودم می‌ریزم. چهار تیکه فیلۀ ماهی سالمون از فریزر درمیارم. گوشی رو می‌ذارم روی بلندگو. شمارۀ مرضیه رو می‌گیرم. یه زنگ نزده مرضیه جواب می‌ده.

- آخ هماجون. قربونت برم که تلفن کردی. نمی‌دونی چقدر داغونیم. طفلی رضا.

- چی شده آخه؟

- ببین خیلی مفصله. اصلاً نمی‌دونم از کجا شروع کنم.

- اصل مطلب رو بگو.

- فکر کردی ساده‌س؟ دربارۀ فتانه و دخترشه.

- خب، می‌خوای اصلاً نگو.

- وای چرا، می‌گم. بذار برسیم. باور کن جون ندارم یه کلمه حرف بزنم. این‌قدر دادوبیداد کردن اینا. حدود سه و چهار بعدازظهر اونجاییم.

- باشه. سِیف درایو[1].

به شهاب تلفن می‌کنم که سر راه نوشابه بخره. چهار پیمونه برنج خیس می‌کنم. سبزیِ پلویی رو از فریزر درمیارم. ته سینی فر یه ورق آلومینیوم می‌کشم. ماهی‌ها رو می‌چینم. روشون هم دو قاشق بزرگ روغن زیتون، نمک، زردچوبه، پودر درشت فلفل‌سیاه، پودر فلفل‌قرمز، پودر سیر و آب‌لیموی تازه می‌ریزم. سر آخر، روی همۀ این‌ها حلقه‌های نازک پیاز. با یه ورق آلومینیوم دیگه روی همه رو می‌پوشونم. چهل دقیقه که توی فر باشه و پونزده دقیقه هم برای برشته‌شدن، باز دو ساعتی تا رسیدن اونا وقت دارم.

1- Safe drive

می‌رم طبقهٔ دوم. پنجرهٔ اتاق مهمون رو باز می‌کنم. جاروبرقی می‌کشم، ملافه‌ها رو عوض و همه‌جا رو گردگیری می‌کنم. خوشبوکننده به ملافه‌ها می‌زنم. دست‌شویی مهمون رو می‌شورم. توی کاسهٔ توالت و دست‌شویی کمی سفیدکننده می‌ریزم. گلوم شروع می‌کنه به سوزش. هواکش رو روشن می‌کنم، وان رو برس می‌زنم. سیفون توالت رو می‌کشم. سفید می‌شه. با دستمال مرطوب زمین و دستگیرهٔ در و خود در رو پاک می‌کنم. همه‌چیز بوی تمیزی و پاکی می‌ده. بهتره هواکش روشن بمونه تا بوی سفیدکننده، بلیچ، وایتکس، او دو ژاول¹ یا هر کوفت و زهرمار دیگه‌ای که اسمشه، بره تا وقتی مرضیه و رضا می‌رسن دیگه بوی تندش نمونده باشه. امروز قرار جلسهٔ کتابخونه هم داشتم که با این مهمونای ناخونده به فنا می‌ره.

از باغچه کمی پیازچه، تربچه، ریحون، نعنا، گشنیز و جعفری که خودم کاشتم، می‌چینم. سبزی‌ها رو می‌شورم و می‌ذارم توی سبد تا آبش بره. برنج و سبزی رو آبکش می‌کنم. حلقه‌های زعفرونی سیب‌زمینی رو ته‌دیگ می‌چینم. ساعت سه و ربعه. می‌رسن.

ـ هماجون، خوب می‌کنی شام و ناهارو یکی می‌کنین. وزن هم بالا نمی‌ره. البته تو که خوبی.

ـ بالاخره می‌گین چی شده؟ نصفه‌جونم کردین.

رضا به ته‌دیگ‌ها ناخنک می‌زنه.

ـ بذار داداش هم بیاد.

حرف تو دهن مرضیه تموم نشده در باز می‌شه.

ـ چه حلال‌زاده!

ـ مرضیه‌جون، مگه شک داری؟

مرضیه و رضا از شوخی من غش می‌کنن از خنده. نوشابه رو از

1- eau de Javel

دست شهاب می‌گیرم و رو به اونا می‌گم: «چه عجب امروز ما خندهٔ شما دوتا رو دیدیم.»

رضا می‌گه: «ای بابا هماخانم، کار ما از گریه گذشته به آن می‌خندیم.»

مرضیه پارچ نوشابه و یخ رو می‌ذاره روی میز و می‌گه: «هماجون، به‌به چه میزی چیدی. ماشالّا! چقدر باسلیقه. چه سبزی‌هایی. مال حیاطه. نه؟»

توی دلم گفتم به‌جای اینکه پشت میزم بشینم و کار کنم از صبح تا حالا مشغول خرحمالی برای شماها هستم؛ مصرف‌کننده‌های اصیل. لبخندی می‌زنم: «نوش جون. بفرمایین.»

هر دو لپ رضا باد کرده: «داداش، فتانه صد هزار دلارِ مونده رو هم تو قمار باخت.»

شهاب می‌افته به سرفه. لیوان نوشابه رو می‌دم دستش.

ـ بیا، بخور. هول نکن طوری نیست. مگه بار اولشه؟

شهاب چند قلپ می‌خوره.

ـ این دختره زده به سرش. پاک خل شده. به‌جای مغز پِهِن توی سرشه.

رضا دولپی مشغول خوردن و حرف‌زدنه: «داداش، امروز صبح اومده خونهٔ ما، قشقرق‌بازی، اون سرش ناپیدا که آره من یه دونه خواهر، شماها چرا سهم بیشتر برداشتین؟ مردین که مردین، انصاف ندارین؟ اینجا مگه ایرانه که مرد دو برابر ارث ببره.»

ـ بیخود کرده. خودش خونهٔ بابا رو به‌اصرار فروخت. ما که می‌گفتیم باشه واسهٔ مامان. خب خونه تو ایران بوده طبق قانون ایران تعیین تکلیف شده. بعدش هم مگه مامان تمام سهم خودش از اون خونه رو بهش نداد؟ دیگه چی می‌خواد؟

مرضیه یه مشت سبزی می‌ذاره توی دهن و می‌گه: «آقاشهاب، اومده

با منم دعوا، می‌گه مگه تو زن نیستی؟ از حق من دفاع کن. به‌خدا من حرفی ندارم اصلاً بیاد پیش ما زندگی کنه، ولی اولاً رضا قبول نداره، می‌گه بیچاره می‌شیم. دوم اینکه رضا می‌گه می‌خواد بیاد اینجا پول‌های ما رو هم بگیره ببره قمار. صبحِ اولِ صبح پا شده رفته کازینو.»

- رضا راست می‌گه، مرضیه‌خانم. این خواهر ما یه جو مخ تو کله‌ش نیست. اصلاً پا شده رفته وگاس برای همین دیگه. شوهر خدابیامرزش هم لنگهٔ خودش بود. تا وقتی زنده بود سر بابای بیچاره‌م خراب بودن. بابام دق کرد از دست اینا. حالا هم که این‌جور.

- گمونم این بار می‌خواد بیاد با مامان زندگی کنه. می‌خواد موو[1] کنه بیاد کالیفرنیا. چون می‌گفت نه فکر کنی خیلی دوست دارم با مامان زیر یه سقف زندگی کنما؟ نه، اصلاً و ابداً، مجبوریه. اصلاً از محلهٔ مامان خوشم نمیاد. ای‌کاش محله‌ش رو عوض کنه. هر چی آدم لوکلاسه[2] اونجاست.

سر و کلهٔ بدون موی شهاب خیس از عرق شده. عینکش رو برمی‌داره. با دستمال‌کاغذی سر و کله‌اش رو خشک می‌کنه.

- داداش، چقدر چشمات گود افتاده! خسته‌ای؟

شهاب جواب نمی‌ده. از پشت میز بلند می‌شه. بهش می‌گم: «غذاتو نمی‌خوری؟»

- نه هما، دستت درد نکنه. خوشمزه‌ست، ولی میل ندارم.

مرضیه چشم‌غره به رضا که الآن باید حرف می‌زدی؟ رضا هم بدو دنبال شهاب تو حیاط که از سیگارهاش دود کنه. رضا از اون سیگاری‌هاست که هیچ‌وقت سیگار نمی‌خره. همیشه از سیگارهای بقیه می‌کشه. می‌گه اگه بخرم، می‌کشم. برای همین وقتی با یه سیگاری می‌افته تا می‌تونه

1- move
2- low class

می‌کشه و خودشو خفه می‌کنه؛ مفت باشه، کوفت باشه.

- هماجون، خوش‌به‌حالت که باهاش رفت‌وآمد نداری.

- آره مرضیه تو راست می‌گی، شانس آوردم که باهاش رفت‌وآمد ندارم. اون می‌گه من لوکلاسم. لباس‌های برند نمی‌پوشم. می‌گه من از دهات ایران اومدم. شهاب این‌همه قرض‌هاش رو داد، هزینهٔ کفن‌ودفن و ختم شوهرش رو. باهاش رفت‌وآمد نداریم! نمی‌بینی؟

- قربون هرچی دهاتی مثل تو. دور دنیا رو سفر کردی و با کار و زحمت تو چهل‌سالگی تو پاریس و کالیفرنیا و ایران سه تا خونه خریدی. اون چی؟ هر چی رو که بهش ارث رسیده، کرده تو کون خر، اما خب می‌گم یعنی همین‌که این طرفا نمیاد، اعصابت کمتر از ماها خورد می‌شه.

حرفش تموم شده نشده، صدای زنگ خونه بلند می‌شه.

- یعنی کیه، هماجون؟ منتظر کسی هستین؟

بدو می‌رم سمت در. مرضیه می‌ره حیاط تا خبر بده. در رو که باز می‌کنم، فتانه مثل تیرِ ازکمون‌دررفته می‌پره تو خونه. دستش رو با فشار می‌زنه به سینه‌م و هُلم می‌ده عقب.

- از سر راهم برو کنار. کی با تو کار داره؟

شهاب وسط سالن ایستاده.

- کی دعوتت کرده بیایی؟ مگه نگفته بودم اینجاها پیدات نشه؟

- من اومدم حق و حقوقم رو از شما مثلاً برادرام بگیرم. مردم برادر دارن، منم برادر دارم. شماها به من بدهکارین. پس انسانیت چی می‌شه؟

- بابت چی بدهکاریم؟ مگه کسی ازت پول قرض کرده؟

- قرض نکردین، بالا کشیدین.

- کِی؟ چی؟ کجا؟

- ده سال پیش یادت نیست مامان به اصغر سی هزار تا قرض داد

تـا ماهانـه بهش پول بـده. اون پولو شـماها بالا کشـیدین.

- اولاً کـه اون پـول مـال مامـان بـود و نـه تـو، پس بـه خـودش مربوطه، دومـاً شـوهرت و خـود تـو، بعد مرگ بابا نشسـتین زیـر پای مامـان که اصغر اِل‌وبِلـه و جیمبـل. شـماها بـه مامـان گفتیـن بهش پول بـده تا بـرات کار کنه و مثـل خانم‌هـا ماهانـه بهرۀ پولـت رو بگیری و عشـق کنی. خب چی شـد؟

- مـنِ شـوهرمرده ایـن حرفـا حالـی‌م نیسـت. اون پـول اگـه دسـت مـن بـود، تـا حـالا پـول پیـش خونـه رو داده بـودم و صاحـبِ خونـه شـده بودم. حـالا هـم پولـم رو می‌خـوام.

دم گـوش مرضیـه می‌گـم کـه شـانس آوردم کـه باهـاش رفت‌وآمـد نـدارم. سـری تکـون مـی‌ده و مـی‌ره سـمت فتانـه و دسـتش رو می‌گیـره تـا بشـینه روی مبـل.

- فتانه‌جـان، آروم‌تـر. چـرا حـالا این‌قـدر داد می‌زنی، عزیزم؟ بیا بشـین اینجـا بـا زبون خـوش با هم صحبـت کنین.

- دسـتتو بـه مـن نـزن. چـه حرفـی؟ چـه کشـکی؟ چـه زبون خوشـی؟ مگـه اینـا انصـاف دارن؟

مرضیه اصرار که با داد و دعوا مشکلی حل نمی‌شه.

- مگـه زبـون خوش می‌فهمن؟ گلوم خشـک شـده از تشـنگی، یه چیکه آب بهـم بدیـن. کربلاسـت اینجـا؟ قوم شـمر و یزیدین شـماها؟ چه سـور و سـاتی هم واسـۀ خودتون جـور کردین.

شـهاب دادش مـی‌ره هـوا: «چـه سـور و سـاتی؟ اومدیـم یه لقمـه ناهار کوفـت کنیمـا. تـو مگـه مـی‌ذاری آب خـوش از گلوی کسـی پاییـن بره؟»

- مـن بایـد از دسـت طلبـکارام دربـه‌در باشـم و شـماها اینجـا واسـۀ خودتـون مهمونـی بدیـن و خـوش بگذرونیـن.

بعـد مـی‌ره پشـت میـز غـذا می‌شـینه. بـا نفس‌نفـس و حـرص، اول یـه

تیکهٔ بـزرگ تهدیگ و روش هـم ماهی لُفلُف می‌نـدازه بـالا، روی همـهٔ این‌هـا قورت‌قورت کوکاکـولا.
- اینا رو این زن دهاتی‌ت یادت داده که با خواهر بزرگت این‌طوری حرف بزنی؟
- احمـق بی‌شـعور، تـا نـزدم تـوی دهنـت، پاشـو از این خونه بـرو بیرون. حـق نداری به زن مـن توهین کنی.
فتانه دلش نمی‌خواد از سر میز غذا بلند بشه. چشـم و دلش سیر نشـده. بـه‌زحمـت بالاتنـهٔ سه‌طبقه‌ش رو جابه‌جا می‌کنـه، اما هنوز از سرِ جـاش بلند نشده، موبایل شهاب زنگ می‌خوره.

- Yes, this is Shahab.
- ...
- Yes, she is my mom. What's happened to her? Where is she now? Is she ok? I'm coming now. Thank you, Sir.

شهاب به رضا می‌گه: «رضا بدو، پلیس بود. اورژانس اومده خونهٔ مامان. معلوم نیست دختر این خانوم چه دسته‌گلی دوباره به آب داده!» بعـد رو به فتانه: «فقـط دعـا کن بلایی سـر مامـان نیومـده باشـه وگرنه مـن می‌دونم و تـو.»
فتانه چونه بـالا می‌ده، سر می‌چرخونه و لـب کـج می‌کنه. کیفش رو برمی‌داره که اون هـم بره.
- خُبه خُبه تـو هـم. نوبرش رو آوردین دیگه. پیرزن هشتاد و سه سالشه دیگه. حالا بیفته بمیره حتماً می‌افته گردن دختر بیچارهٔ مـن. بستهٔ سیگار و سوئیچ رو می‌دم به شهاب.
- می‌خوای منم باهات بیام؟
- نه فکر نمی‌کنم لازم باشه. تو و مرضیه خونه باشین.

تا دم در بدرقه‌ش می‌کنم.

- پس تلفن کن.

همین‌طـور کـه مـی‌ره و پشـتش بـه منـه، دسـتش رو بـالا می‌بـره و تکون می‌ده کـه یعنی باشـه.

روی نزدیک‌تریـن صندلی می‌شـینم و تکیـه می‌دم. تمام سـتون فقراتم تیر می‌کشـه.

- می‌بینی؟ چه رابطه داشته باشی چه نه، با این آتیش می‌سوزی.

مرضیـه می‌خـواد میـز رو جمـع کنـه، بهـش می‌گـم ولـش کنـه بعـد جمـع می‌کنیـم. میـاد کنـارم روی یه صندلی می‌شـینه: «راسـتش منم جون نـدارم. چه جونـی داره ایـن فتانـه. تمـوم عمـرش همین‌طـوری مثل ماهـی روی تابـه بوده.»

- خب اون خودش رو با این دادوهوارها تخلیه می‌کنه.

- آره دیگه.

- حـالا بگـو چـی شـده بـود؟ چـرا صبـح صورت‌نشُسـته راه افتادیـن اومدیـن اینجـا؟

مرضیـه یه سـیگار روشـن می‌کنـه و می‌گه: «هیچـی دیگه، مگـه ملتفت نشـدی؟ می‌گه شـما بـرادرا به مـن بدهکارین.»

سیگاری هم به من تعارف می‌کنه.

- اینـو کـه فهمیـدم بابـا، ولـی ماجـرای دختـرش چیـه؟ اون اونجـا خونـهٔ مامان‌بزرگـه چـی‌کار می‌کنـه؟ مگـه پلیـس دفعـهٔ قبـل سـر ماجـرای لیوان‌پرت‌کـردن بـه پـای علیـل پیـرزن نگفتـه بـود اون‌ورا پیـداش نشـه؟ اگه بشـه، می‌برنـش زنـدان؟

- ای بابـا، چـرا، پلیس که این حرفا رو زده، ولی دختـره جا نداره که. مجبوره بـا مادربزرگـه زندگـی کنـه. دختـره معلـوم نیسـت چـی می‌کشـه؟ کریسـتال، ایکـس. نمی‌دونـم چـی والّا. پارانویـا می‌شـه. فکـر می‌کنـه همـه دنبالشـن و

تحت تعقیبه. تمام سقف و دیوارها رو سوراخ می‌کنه. می‌گه دوربین چشمی توشه. بعد شروع می‌کنه فحش‌دادن به عالم و آدم. همسایه‌ها هم شکایت و پلیس و پلیس‌کِشی.

سرم رو می‌گیرم توی کاسهٔ دستم. توی کله‌م کارگاه آهنگریه. شقیقه‌هام تیر می‌کشه.

- اینا رو می‌دونم. تازه نیست که.

- ای بابا، فتانه می‌گه دخترم بره با مامان زندگی کنه. فتانه خودش هم هر شب خونهٔ یکیه. جا نداره که. دختره هم که خله، نمی‌دونم حالا یا پارانویاست یا معتاد. به مامان‌بزرگه فحش رکیک می‌ده و کتکش می‌زنه. خب اگه بره اونجا، جون پیرزن در خطره. چون دختره یهو می‌زنه به سرش و حمله، مثل دفعهٔ قبل. یه بار که رضا اونجا بوده، تلفن خونه زنگ می‌خوره، برمی‌داره. یه مرد جوون با تمسخر و تحقیر می‌گه خونه باشین تا براش اندازهٔ یه شهر کریستال بیارم تا دختره حال کنه. رضا داغون می‌شه. به فتانه می‌گه بیا اینم مدرک. فتانه می‌گه دخترم خوشگله، دشمن داره.

- حیفِ این دختر خوشگل و تحصیل‌کرده. ای‌کاش فتانه قبول می‌کرد و دوا و درمونش می‌کرد.

- ای بابا، تو هم دلت خوشه ها! اون اصلاً قبول نمی‌کنه دخترش پارانو یا معتاده. رضا بهش گفته توی مهمونی جوونای فامیل دیدنش که یه چیزایی می‌زنه، مگه به خرجش می‌ره! می‌گه این حرفا به دختر من نمی‌چسبه. همه‌ش می‌گه دخترم خوشگله، حسود داره. رضا بهش می‌گه آخه به چی‌ش باید حسودی کنن مردم؟ به شغلی که نداره؟ به پولی که نداره؟ به اخلاقی که نداره؟

مرضیه با دستمال‌کاغذی چشماش رو پاک می‌کنه. آه بلندی می‌کشه:

«بی‌فایده‌س. بی‌فایده. حالا هم دوباره دختره رو فرستاده سر وقت مامانه تا دقش بده و زودتر بمیره و با ارث و میراثش زندگی کنن.»

به صورتم آبی می‌زنم. انگار توی تنور افتاده باشم. تمام تنم داغ شده، برعکس همیشه که تنم سردشه. مرضیه از توی کیفش قرص ادویل بهم می‌ده.

- بیا بخور. آب روی آتیشه.

می‌خورم. یکی هم خودش می‌ندازه بالا.

- ولی مرضیه، عجب آدمایی هستنا! نه به این دو برادر این‌قدر زحمت‌کش و کاری، نه به اون خواهر و شوهر خدابیامرزش و حالا هم این دخترهٔ معتاد.

مرضیه که می‌ره دست‌شویی، منم می‌رم حیاط. می‌شینم زیر سایهٔ درخت قشنگم. با خودم می‌گم کاشکی الآن تنها بودم. کاشکی این بدبختی‌ها تموم بشه، ولی می‌دونم این داستان سر دراز داره. از تو حیاط داد می‌زنم: «مرضیه، بیا تو حیاط، بیا یه خورده هوا بخوریم. پُکیدیم از دست اینا.»

مرضیه میاد.

- یه عمره اینا دارن این‌طوری زندگی می‌کنن، ولی تو این دو سال دیگه شورش رو درآوردن. تا وقتی باباهه زنده بود و کار می‌کرد، وضعشون این‌قدر درام نبود.

تلفنم زنگ می‌خوره. قلبم مثل سنج دمام تو سینه می‌زنه. بیخ گلوم از خشکی می‌سوزه.

- شهاب، چه خبر؟

- هما، بدبخت شدیم.

- آخه چرا؟ الو؟

یـه آن فکـر می‌کنـم شـاید بـاز دختـره حملـه کرده و پیـرزن رو نفلـه کرده.
شهاب جواب نمی‌ده.
- مرضیه، یعنی چی شده؟ تا اومد حرف بزنه قطع شد! تو تلفن کن.
مرضیه بدون یه کلمه حرف، اطاعت می‌کنه.
- الـو رضا، چی شـده؟ شهاب کجاست؟ خوبه؟ خوبین؟ چرا تلفن شهاب قطع شد یهویی؟
قلبـم این‌قـدر تنـد می‌زنـه کـه نفسـم بـالا نمیـاد. پا می‌شـم. سـردردم به حـد انفجار می‌رسـه. انگار ملافـه‌ای از یخ رو تنم کشـیده باشـن. می‌رم تو خونـه. مرضیه به دنبالم.
- ای بابـا، باشـه باشـه. حـرف بزن خـب، ببخشـید. مهلت می‌دم حرف بـزن. حـالا بگو.
روی کاناپه می‌افتم. مرضیه تلفنش تموم می‌شـه. دست منو تو دستش می‌گیـره، می‌گـه: «وای دختر، تـو چرا شـدی یخچال؟»
- مگه بار اولمه؟ تو که می‌دونی من همیشه سردمه.
- آره بابا. ولـی هیچ‌وقت این‌طـوری نبودی. فشـارت افتـاده. بذار پتو بندازم روت.
نیم‌خیز می‌شم.
- شهاب چطور بود؟
- شهاب خوبه بابا. شارژش تموم شده یهویی.
- خب، مامانش چی؟ چرا گفت بدبخت شدیم؟
سـرش رو می‌انـدازه پاییـن و به چـپ و راسـت تکون می‌ده: «چی بگم؟ بیهوشـه. دختـره دو دفعـه بهـش حمله کـرده. همسـایه‌ها زنـگ زدن پلیس. فکـر کنم کارش بیـخ پیـدا کنه. بار سـومه.»
- واسه چی حمله کرده؟ اونم جلو چشم پلیس؟

- رضا می‌گه شاید وقتی مواد بهش نمی‌رسه، این‌طوری می‌شه.

دستام رو می‌ذارم زیر بغلم بلکه یه ذره گرم بشن.

- شایدم اون حالت پارانویا تشدید می‌شه.

- البته فتانه هم تحریکش می‌کنه. می‌گه چرا این پیرزن باید خونه داشته باشه و ما آواره. فکر کن به دختره می‌گه دایی‌هات حق ما رو خوردن. از این چرت‌وپرتا.

- واقعاً عقل تو کله‌ش نیستا.

- نه که نیست. حالا فرض این پیرزن بمیره و شما تمام و کمال پولشو بگیرین. چه دردی ازتون دوا می‌شه؟ تو می‌ری قمار، دخترت هم مواد. یه سال بعد باز همین آش و همین کاسه‌س.

در خونه باز می‌شه. رضا میاد تو. از جام بلند می‌شم. می‌رم جلوش.

- آقا رضا، شهاب کو؟

سوئیچ رو می‌ذاره روی میز. می‌ره تو حیاط، من و مرضیه هم دنبالش. از بستهٔ سیگارهای شهاب روی میز حیاط یکی برمی‌داره و آتیش می‌زنه. سه چار تا پک عمیق. شهاب عادت داره روی هر میز یک پاکت سیگار می‌ذاره.

- طوری‌ش نیست!

یه پک دیگه و بعدش می‌گه: «هیچی دیگه پیش مامانه. بیمارستان. مامان سکته کرده. شهاب گفت دوتایی‌مون بمونیم بیمارستان که چی؟ فایده نداره.»

می‌شینم روی صندلی: «عجب!»

- از ترس سکته کرده. دختره واکر رو بلند می‌کنه تا پرت کنه بهش، اما فرصت نمی‌کنه. پلیس می‌رسه. الآن تو سی‌سی‌یوئه.

مرضیه سیگارو از دست رضا می‌گیره: «ای بابا، حالا چرا این‌قدر فرت‌وفرت سیگار می‌کشی؟»

و بعد خودش سیگار رو تا کونش می‌کشه. رضا هم سیگار دیگه‌ای روشن می‌کنه: «بدبختی اینه که اگه خدای‌نکرده مامان طوری‌ش بشه، اون وقت دختره زندگی‌ش سیاهه. به‌جرم جنایت حداقل ده سال باید بره زندان. از اون طرف هم فتانه، فتانه زندگی ماها رو سیاه می‌کنه. نمی‌دونین چقدر اونجا جیغ زد.»

سرمو بالا می‌گیرم و از رضا می‌پرسم: «راستی، فتانه حالا کجاس؟»

- کجا می‌خواستی باشه؟ با دخترش رفت ادارهٔ پلیس.

- زن بیچاره.

مرضیه دادش درمیاد: «ای بابا، تو هم. زن بیچاره؟ می‌دونی سه تای این خونهٔ شما رو خودش و شوهرش تا حالا تو کازینو قمار کردن؟»

- آره می‌دونم. واسهٔ همین می‌گم بیچاره. چه فرقی می‌کنه؟ این هم اعتیاده دیگه.

مرضیه می‌گه: «من که می‌رم یه چایی درست کنم. گلومون خشک شده. بدبختی یه لحظه دست از سرمون برنمی‌داره.»

موبایل رضا زنگ می‌خوره. گوشی‌ش رو نگاه می‌کنه.

- این دیگه کیه؟ شمارهٔ غریبه‌س، الو، بله شهاب تویی؟ هان؟ چی؟ دکتر مگه نگفت فقط یه سکتهٔ ناقصه؟

۱۷ ژوئن ۲۰۱۶، واشنگتن

مهتاب

چـه چـراغ قرمـز طولانـی‌ای! از خیابـان چـرچ[1] می‌خواهـد بپیچـد بـه میلیکـن[2] سـمت خانـه، کـه موبایلـش به‌حد مـرگ خـودش را می‌زنـد بـه در و دیـوار. شـاید بیسـت بـار زنـگ می‌خـورد و قطـع می‌شـود تـا بالاخـره از تـوی کیـف شـلوغ‌پلوغش پیدایـش می‌کنـد، امـا همین‌کـه دسـتش بهـش می‌رسـد، چـراغ سـبز می‌شـود. پـا کـه روی گاز می‌گـذارد، گوشـی هـم از دسـتش لیـز می‌خـورد کـف ماشـین. نیش‌ترمزی می‌زند و صدای بـوق ماشـین‌های پشـت سـری بلنـد می‌شـود.

از آن طـرف خـط صـدای مـردی می‌آیـد، الـو الـو می‌کنـد. از چهارراه رد می‌شـود و سـعی می‌کنـد سـریع گوشـه‌ای کنـار بزنـد. هنـوز آن طـرف خـط تمـاس برقـرار اسـت. همین‌ کـه الـو می‌گویـد، صـدای آن طـرف خـط می‌گویـد: «از مهتـاب خبـر دارین؟»

ـ سعیدخان شما هستین؟ چطور مگه؟ چی شده؟

ـ اداره‌م، ولی هر چه تلفن می‌کنم یا پیام می‌دم، برنمی‌داره.

ـ نگـران نباشـین. حتمـاً فروشـگاهی جایـیـه، آنتـن نمـی‌ده. یـه کم صبر کنیـن خـودش تمـاس می‌گیـره. مثـل اون بـار.

1- Church
2- Milliken

در اتوماتیک را باز می‌کند و ماشین را جا می‌دهد توی دهن گشاد گاراژ. از در ورودی گاراژ به‌عجله می‌رود داخل و بعد هم به آشپزخانه.

آب برنج می‌گذارد. آب جوش می‌آید؛ قل و قل. تلفن خانه زنگ می‌زند و زنگ. به‌موقع نمی‌رسد و تلفن می‌رود روی پیام‌گیر: خواهر مهتاب هستم. از مهتاب خبر دارین؟ بالاخره همسایه‌این، از ما که دوره.

زارا فکر می‌کند اگر بخواهد تلفن‌ها را جواب بدهد، از آشپزی می‌ماند و آنی است که کامران برسد و بعد غرغرهایش هوار شود روی سرش، پس پیام می‌فرستد: نه والله، خبر ندارم. حتماً فروشگاهی جاییه. سعیدخان هم تلفن کرد.

جواب آمد که: آه، هر چه می‌کشیم از دست همین سعیدخانه. و بعد دیگر هیچ سؤال و جوابی ادامه پیدا نکرد.

چیزی تا آمدن کامران نمانده است.

برنج را توی دیگ آب‌جوش می‌ریزد، دو تکه یخ می‌اندازد تا برنج شوک شود و حسابی قد بکشد و ریع کند، وگرنه باید جواب پس بدهد چرا برنج ریع نکرده. برنج را آبکش می‌کند و ته قابلمه کمی کره و پودر زعفران و بعد هم حلقه‌های نازک سیب‌زمینی نمکین می‌چیند وگرنه باید جواب بدهد چرا ته‌دیگ سیب‌زمینی نیست، چرا ته‌دیگ بی‌نمک است.

صبح قبل از بیرون‌رفتن از خانه، گوشت خورش قیمه را پخته و آماده کرده بود. اجاق زیر قابلمهٔ خورش را روشن و حرارتش را خیلی کم می‌کند تا آرام‌آرام گرم شود. سیب‌زمینی‌های خلال را می‌ریزد توی روغن داغ.

صورت مهتاب جلو چشمش می‌آید؛ عکس‌های پانزده سال قبل از ازدواجش، چه لاغر بوده مثل همین خلال سیب‌زمینی. از تشبیه خودش خنده‌اش می‌گیرد. صدای جلزّ‌ولز سیب‌زمینی‌ها بلند می‌شود. آن روز،

مهتاب جِز زده بود از دست سعید. همین‌طور که ازش شکایت می‌کرد، عین چی شیرینی خامه‌ای‌ها را می‌گذاشت توی دهانش. می‌گفت برایش چه فرق می‌کند من چاق باشم یا لاغر! پس زنده‌باد شیرینی و هر سال چاق‌تر از پارسال. وقتی کسی نیست آدم را دوست داشته باشد، چه اهمیت دارد من چه شکلی باشم!

کمی نمک روی خلال سیب‌زمینی‌ها می‌پاشد. قدیم‌ها، وقتی دختر خانه بود و خواهرش شکایت شوهرش را می‌آورد پیش مادرش، مادر می‌گفت: «دعوای زن و شوهر نمک زندگی‌ست.»

ولی مادرجان نیستی که ببینی کار مهتاب و سعید از مزه گذشته، دیگه از شور هم گذشته.

یاد آن بعدازظهر داغی می‌افتد که مهتاب سرزده و بدون تلفن‌زدن آمد پیشش.

آتش زیر تابه را روشن کرد.

ـ می‌دونی انگار سعید به این دنیا اومده تا زندگی منو آتیش بزنه.

ـ سخت نگیر، مهتاب جان. خب اشتباه کرده، کیه که توی زندگی اشتباه نکنه؟

مهتاب همان‌طور که شقیقه‌هایش را می‌مالید، از ضعف بدنی درازبه‌دراز افتاد روی کاناپه.

بادمجان‌ها را درازبه‌دراز توی تابه کنار هم می‌چیند تا سرخ شوند. پشت‌ورویشان می‌کند.

ـ اشتباه؟ همین؟ تمام این سال‌ها با زندگی من بازی کرده. پنج سال اول زندگی‌مون تو که نمی‌دونی چه دروغی به من گفت. حالا هم این.

نقش و نگار آب قهوه‌ای بادمجان توی روغن، دل هر بادمجان‌دوستی را آب می‌اندازد. مقاومت امکان ندارد. یک برش کوچولوی سرخ‌شده

بادمجـان را لای نـان لـواش می‌پیچد و بعد می‌بلعد. آخ. بهشـت اسـت این مزه. امـا حـس گنـاه بـه سـراغش می‌آید. یعنـی حـالا مهتـاب حالش چطور اسـت؟

کمی زعفران ساییده‌شده در کاسهٔ بلور و آب سرد تا حسابی رنگ بیندازد.

آن بعدازظهـر صـورت مهتـاب شـده بـود زردِ زرد. مثـل همیـن زعفران. ولـی ایـن رنـگ روی پلـو کجـا و آن زردیِ صـورت کجا.

- پنج سال سر کار بودم با دوادرمون تا بچه‌دار بشم.

ای زعفـران پدرسـوختهٔ خوش‌عطـر و رنگ کـه اندازهٔ طلا قیمـت داری، بی‌تـو می‌شـود غذا خـورد، بی‌نمـک ولی غـذا زهرمار اسـت. نمـک بیچاره امـا هیچ قیمتـی ندارد.

- پنج سال فکر می‌کردم اشکال از منه.

مـادر می‌گفـت زعفـران هـم مثل عطـر و جواهـر می‌مانـد؛ پیونددهندهٔ زن‌هـا و شـوهرها. مثـل نمـک اصـل آشـپزی نیسـت، زعفـران برای قـر و فر غذاسـت. زن و شـوهرها دعـوا می‌کننـد که زندگی‌شـان نمک داشـته باشـد، گاهـی از دستشـان در مـی‌رود و زیـادی شـورش می‌کنند. آن‌وقت اسـت که طـلا جواهـر و عطـر می‌آیند وسـط تـا میانـه‌داری کنند!

میانه‌داری موقتی البته. زندگی موقتی، آشتی موقتی، مزهٔ موقتی.

مهتـاب قـرص ادویـل را قـورت داد: «زن سـابقش وقـت طـلاق تیکـه انداختـه بـود بهـش، آره زنگولـهٔ پـای تابوت درسـت کـن. اینم فـرداش رفته خودشـو بسـته، و مـن فکـر می‌کـردم حتمـاً اشـکال از منـه، چـون اون از زندگـی سـابقش یـه بچـه داره.»

- سـعید عاشـقته. نمی‌خواسـته از دسـتت بـده. بـرای همیـن نتونسـته واقعیـت رو بگـه.

- ایـن دفعـه چـی؟ چقـدر دروغ؟ وقتـی اشـتباهی رو تکرار کنـی، دیگه اشـتباه نیسـت، سـبک زندگیـه. شـده پونزده سـال. باورت می‌شـه؟

بعـد از آخریـن دعـوا، سـعید بـرای مهتاب سـه دسـت سـرویس جواهر خریـده بـود. آشـتی کـرده بودند.

کامـران و سـعید کنـار باربیکیـو ایسـتاده بودنـد. سـعید یواشـکی و بـا پیـروزی، دم گـوش کامـران گفتـه بـود: «زن‌هـا اگـه صـد تـا سـوراخ داشـته باشـن، هـر صـد تـاش بـا پـول پـر می‌شـه.»

پس‌فردایـش تولـد خواهر سـعید، مهتاب هر سـه دسـت جواهـر را جلو چشـم‌های ازحدقه‌درآمـدهٔ سـعید هدیـه می‌دهد به خواهرشـوهر.

- مـن شـنیدم بـه کامران چی گفتـه بود. بـرای همین همه رو بخشـیدم بـه خواهرش.

عطـر زعفـران هنـوز در هوا مـوج می‌خورد. سـیب‌زمینی‌های سرخ‌شـده را تـوی آبکـش فلـزی می‌ریـزد تـا روغنـش کشـیده شـود. میـز شـام آمـاده اسـت. سـبزی‌خوردن و ترشـی لیتـه، بخـش حذف‌ناشـدنی سـفرهٔ شـام‌اند. دیگـر از بـر شـده، هـر روز بایـد چـه‌کاری بکنـد. چـی بپـزد چـی بشـورد. یـک ربـع دیگـر کامـران از اداره می‌رسـد. بادمجان‌هـای سرخ‌شـده را روی گوشـت می‌چینـد. هفتـهٔ پیـش بـا مهتـاب رفتـه بودنـد مغـازه عربـه؛ کلـی سـبزیجات، بادمجـان، سـبزی قرمه‌سـبزی، لیموعمانـی و... مغـازه عربـه صاحبـش عـرب بـود برای همیـن ایرانی‌هـا بهـش می‌گفتند عربه، ولی اسـم مغـازه در واقـع بـود Red Tomato. مهتـاب بهـش گفتـه بـود: «حیـف تـو نیسـت، فوق‌لیسـانس ادبیـات فارسـی، حـالا شـدی یـه زن خونـه‌دار؟ مگه دبیـر نبـودی تـو شـیراز؟ تا کـی بشـور و بپز؟»

دلـش تنـگ شـده بود بـرای تدریـس و مدرسـه. پانزده سـالی می‌شـد که بـه این شـهر آمـده بود.

- خود تو چی؟ حیف نیستی این‌همه حرص سعید رو می‌خوری؟

- روز اول کـه بـا هـم قـرار گذاشـتیم و حرف‌هـای جـدی زدیـم، همون

روز بهش گفتم من بچه می‌خوام. گفت باشه. بعد زد زیرش. فریبم داد.
- از عشق بوده.
- این عشق نیست. عشق رو کامران به تو داره. پونزده ساله داره از این مطب به اون مطب می‌ره تا بچه‌دار بشین.

مهتاب اولین زن ایرانی بود که از بدو ورودش به آمریکا باهاش آشنا شده بود. از خودش ده سالی جوان‌تر بود اما سن و سال چه نقشی در صمیمیت میان آدم‌ها دارد؟

ده دقیقهٔ دیگر کامران می‌رسد. مهتاب اسم او را عوض کرده بود. گفته بود چطور تو اسم زهرا را گذاشتی زارا، من هم اسمت را می‌گذارم کامران. بقیه هم بدشان نیامده بود. کریم شده بود کامران، زهرا هم شده بود زارا، برند شناخته‌شدهٔ بازار.

در جشن سیسمونی افروز، خواهر کامران، با هم آشنا شده بودند. مهتاب خیلی ساده و صمیمی بدون هیچ پیش‌زمینه‌ای به زارا گفته بود: «ای‌کاش منم بچه‌دار بشم.»

زارا لبخندی به این صمیمیت زده و گفته بود: «ایشالا. بچه‌هامون رو با هم ببریم پارک.»

همین شده بود فتح باب دوستی‌شان؛ بچه. همسایه بودند. همان شب میهمانی قرار گذاشتند صبح‌های خیلی زود بروند پیاده‌روی توی پارک. هفت صبح روز بعد، روی تلفن پیام داده بود بیا پایین منتظرتم. زارا، صورت شسته‌نشسته، با دو، از طبقهٔ سوم سُر خورده بود پایین. یک دور کامل، ده مایل، دور پارک راه رفته بودند. مهتاب گفته بود از سیزده‌سالگی آمده آمریکا، با خانواده. بعد عاشق یک پسر ایرانی شده بود هم‌سن‌وسال خودش. کالج را با هم تمام کرده بودند. روزی داریوش گفته می‌خواهد برود ایران. تابستان بود. رفت ایران. از ایران تلفن کرد که با دختری دوست شده و قرار عقد

گذاشته‌اند. داریوش، عقدکرده برگشت تا بعد نامزدش را بیاورد.

- پس با سعید چطور آشنا شدی؟

صدای زنگ در می‌آید.

کامران کلید دارد، ولی عادت دارد زنگ بزند و اعلام ورود کند. در گشوده و کیفش گرفته می‌شود. ماچ و بوسه.

- غذا حاضره.

- دست‌صورت بوشورُم. لباس عوض کنم. روده بزرگو داره روده کوچیکو می‌خوره.

زارا خورش قیمه‌بادمجان را می‌کشد توی بشقاب گود و سیب‌زمینی‌های سرخ‌کرده دو گوشهٔ بشقاب. پلو را در دیس می‌کشد و رویش برنج زعفرانیِ کره‌ایِ براق، تُنگ دوغ با پودر نعنا و گل سرخ هم آن کنار.

- به‌به به چه پلویی، چه ته‌دیگی، عجب رنگی، عجب بویی.

صدای مهتاب توی سرش پیچید: «تا کی بشور و بپز؟»

به خودش می‌گوید: چرا باید همه‌چیز را این‌قدر مرتب و منظم بچینم؟

دو لقمه خورده نخورده موبایلش سر و صدا راه می‌اندازد. جواب نمی‌دهد.

- چرا جواب نمی‌دی؟

- حالا؟ می‌خوای غذا کوفتمون بشه؟

- چه می‌دونم بابا، همین‌طوری می‌گم. خب غذاتو بخور.

کامران لیوان دوغش را سر می‌کشد: «خب، چه خبر؟»

زارا قاشقی پلو و بادمجان دهان می‌گذارد.

- بین مهتاب و سعید شکرابه. خواهر مهتاب و خود سعید تلفن کردن که کجاست، خبر داری؟

- شاید رفته خونهٔ مادرش.

- اونجا باید اخم‌وتَخم باباش و نیش‌وکنایهٔ مادرش رو تحمل کنه. نه،

نمی‌ره اونجا. تا عصبی می‌شه، می‌ره خرید. کمدهاش داره منفجر می‌شه از لباس و کفش و کیف و عطر.

- به سعید گفتی شاید رفته باشه خرید؟

- خودش یعنی نمی‌دونه بعد این‌همه سال زندگی؟

زارا میز را جمع می‌کند. ظرف‌های کثیف را می‌گذارد داخل ماشین ظرف‌شویی و کامران ولو می‌شود روی کاناپهٔ جلو تلویزیون. از توی هال داد می‌زند: «امشب چی پیدا کردی ببینیم؟»

زارا میز را با اسپری و حولهٔ کاغذی تمیز می‌کند و بعد واتس‌اپ، فیس‌بوک، اسکایپ را چک می‌کند آیا پیامی دارد یا نه. خبری نیست. دستگاه کنترل تلویزیون به دست: «مهتاب می‌گفت سریال لاست[1] تو ایران خیلی معروف شده. خودشون هم دو قسمتش رو دیده‌ن. خیلی خوششون اومده.»

- راجع به چیه؟

- یه هواپیمایی از آمریکا پرواز داشته نمی‌دونم کجا. بعد سقوط می‌کنه یا مجبور می‌شه بشینه تو یه جزیره‌ای ناآشنا.

- خب بعدش؟

- خب بعدش؟ بعدش رو باید ببینیم، یعنی می‌خوای من دویست قسمت رو تعریف کنم؟

- دویست قسمته؟

- ها. یه همچین چیزایی.

- زارا جان، عینکوم می‌دی؟

- کجاست؟

- رو میز کوچیکه، کنار اوو کیفه.

1- Lost

زارا بلند می‌شود که عینک را بیاورد.

- یه چی هم بیار بخوریم. تخمه‌ای آجیلی.

بـا دو بشـقاب، یک کاسـه تخمه و عینک کامـران برمی‌گردد. تا می‌نشـیند، موبایلـش شـلوغ‌بازی درمی‌آورد. تلفن را می‌گـذارد روی بلندگو.

- می‌دونین که عادتشو. می‌ره خرید.

کامران از روی کاناپه بلند می‌شود و می‌نشیند.

- چه خبره؟

زارا دگمهٔ پِلی[1] را می‌زند.

- مامان مهتاب بود.

- خو؟

- خو؟ مگه نشنیدی حرفامونو؟ ایناهاش شروع شد.

- تو بهش زنگ زدی امروز؟

- بی‌فایده‌ست. وقتی روی این مود باشه، جواب خدا رو هم نمی‌ده.

- تو نزن. من بهش می‌زنم.

- بزن.

- ایی موبایل من کجاست؟

- حتمـاً اینـم مـن باید بـرم بیارم؟ مـن می‌خوام این سـریالو ببینم. خسـته شـدم از صبح تـا حالا از بـس کار کردم.

- چه دل‌گنده‌ای تو.

- دل‌گنـده چیـه؟ زندگـی اوناسـت. به مـا چه ربطـی داره؟ دو تـا زن و شـوهر حرفشـون شـده. خـب ناراحتـه. می‌خـواد نـره خونـه چند سـاعت. ایـن جرمـه؟ گناهه؟

کامران بلند می‌شود و می‌ایستد بالا سر زارا.

1- play

- پس خبر داری!

- نه خبر ندارم ولی خب معلومه دیگه، یعنی فهمیدنش این‌قدر سخته؟

کامران شلنگ‌تخته می‌اندازد تا موبایلش را پیدا کند.

- جواب نمی‌ده.

- حالا دیدی؟ حرف منو قبول نداری که.

- آخه خرید هم باشه، دیگه ساعت ده شبه. هر فروشگاهی هم رفته باشه، ده تعطیل می‌شه.

زارا همان‌طور که چشمش به سریال است، می‌گوید: «واقعاً که فقط تو فیلم‌ها همچین چیزی ممکنه.»

- چی؟

- همین‌که این هواپیما با بدبختی می‌شینه تو یه جزیرهٔ متروکه، اون‌وقت هیشکی یه خط هم برنمی‌داره. همه سالم. یه خورده فقط مدل موهاشون به هم ریخته. کارگردانش یا هالیوودیه یا آبودانی.

- نیگا زارا، مدل جوراب این یارو شبیه مال منه.

- پس مواظب باش این روزا هواپیما سوار نشی. مبادا لاست بشی.

دوباره موبایل زارا به سروصدا می‌افتد. تلفن را می‌گذارد روی بلندگو.

- دلم داره مثل سیر و سرکه می‌جوشه. مادر و پدرش هم تلفن کرده‌ن اینجا هرچی دلشون خواسته به من گفته‌ن.

کامران سرش را به گوشی زارا نزدیک می‌کند: «سلام سعید. کامرانم. نگران نباش. زارا می‌گه مهتاب وقتی عصبی و ناراحته، می‌ره خرید.»

- آره می‌دونم. ولی الآن ساعت از یازده گذشته. جایی باز نیست که.

- حرفتون شده؟

- دیشب سوئیچ رو برداشت که بره، گفتم ماشین مال شرکته. جایی نمی‌تونی ببری‌ش. بهم گفت ماشین تو رو جایی نمی‌برم، می‌خوام برم

جایی خودمو سربه‌نیست کنم. راحت شم. صبح رفتم سر کار، مهتاب خواب بود، یعنی از دیشب روی کاناپه توی هال بود. دیگه نمی‌دونم خواب بود یا نه. امروز عصر از سر کار که برگشتم، ماشین بود، ولی خودش نبود. نمی‌دونم چطوری رفته؟ کجا رفته؟ بدون ماشین مگه می‌شه جایی رفت؟ نگرانم. نکنه بلایی سر خودش آورده باشه؟!

کامران به زارا نگاه می‌کند که چه بگوید؟ زارا دهانش را نزدیک گوشی می‌کند: «خودتون خوب می‌دونین مهتاب اهل این حرفا نیست.»

کامران باز سرش را نزدیک گوشی می‌برد: «سر چی حرفتون شده؟»

ـ مثل همیشه، بچه. بعد از مدت‌ها از ادارهٔ مهاجرت نامه بهمون دادن. من نشونش ندادم.

ـ یعنی چی؟ آخه چرا پسر؟ سال ۲۰۱۱، تو دل آمریکا، یه آدم مدرن مثل تو.

زارا رو کرد به کامران: «حالا تو هم وقت گیر آوردی؟ الآن وقت این سؤال جواب‌هاست؟»

ـ نه می‌گم زارا خانوم، شماها که غریبه نیستین. من هزار بار بهش گفتم دوست ندارم بچه از اینجا آداپت کنم. دوست دارم از ایران باشه. اونجا هم البته هزار دنگ و فنگ داره. یادتونه که رفت و نشد.

ـ سعید، ما تلفنت رو اشغال نگه نداریم. شاید بخواد بهت زنگ بزنه. هرجا باشه، بهت زنگ می‌زنه. یا اگه خدای‌نکرده زبونم لال طوری‌ش شده باشه، خب از روی کارتاش تو رو پیدا می‌کنن و زنگ می‌زنن.

ـ زنگ هم بزنن که رو موبایل نشون می‌ده. ولی به‌هرحال قطع می‌کنم خیلی اذیتتون کردم.

کامران آه بلندی می‌کشد و پشتش را تکیه می‌دهد به کاناپه. ناگهان بلند می‌شود و می‌رود بالکن و سیگاری روشن می‌کند، زارا کنارش می‌ایستد.

ـ یعنـی ای دختر کجاسـت؟ چی شـده؟ توی دوسـتات فکـر می‌کردم بـا مهتـاب خیلـی رفیقم. فکـر می‌کردم جـای دایـی و عموش باشـم. فکر می‌کـردم اگـه خیلـی گرفتـار باشـه، میـاد و بـه مـن حرفـی می‌زنـه. بـه تو چیـزی نگفته؟

زارا روی صندلـی میـان گل‌های یاس و رز سـفید می‌نشـیند. نفس عمیقی می‌کشـد، هـم دود سـیگار را تـو می‌دهد و هـم عطر یاس‌های شـیراز را.

ـ اشـتباهت همینـه دیگه. مهتاب آدمی نیسـت که راحت دربارهٔ مشـکلاتش اون هـم خصوصـی و خانوادگـی بـا کسـی حـرف بزنه. بعـد از ده سـال تازه امسـال شـروع کرد با من حـرف‌زدن، بعدِ ده سـال!

ـ خـو، آدم می‌پوکـه اگـه غصـه رو تـو خـودش نگـه داره، بایـد یکـی رو داشـته باشـه حرف دلـش رو بزنه. بـا خانوادهٔ خـودش هم که خوب نیسـت. یعنـی رفتـه اونجا؟

زارا بـه مـاه تـوی آسـمان نـگاه می‌کنـد، زرد، بـزرگ، کامـل. فـردا شـب دوبـاره مثـل تمـام ایـن میلیون‌هـا سـال شـروع می‌کنـد بـه نازک‌تـر و لاغرتر شـدن؛ و بعد از این لاغری و نازکی دوباره بزرگ‌شـدن، پرشـدن، تمام‌شـدن، کامل‌شـدن.

ـ فکـر نکنـم. رابطـهٔ خوبـی بـا هـم نـدارن. به‌خصـوص بـا پدرش. سـر ازدواج بـا سـعید، بهـش گفتـه بـود این مـرد، مـرد خوبیه ولـی برای تو شـوهر نمی‌شـه، جـای باباتـه. الآن خوبـه، ولـی بعـداً چـی؟ خلاصـه از ایـن حرفـا دیگـه. صـد بـار حرفشـو زدیم با هـم. مهتاب هـم نمی‌دونـه که مـن بهت این حرفـا رو زدم. دوسـت نداره کسـی از مسـائل خصوصی‌ش خبر داشـته باشـه.

ـ بریم تو. چه سرده! خدا کنه هر جا هست لااقل تلفن کنه.

سـاعت دوازده شـب تلفن خانه زنگ می‌خورد. کامران گوشـی را برمی‌دارد. رو به زارا: «خیر باشـه، شـمارهٔ سعیده».

ـ الو، اومد خونه؟

ـ یه نامه نوشته، من ندیده بودم. نامه رو انگار گذاشته بوده روی میز آرایش اتاق‌خواب. باد انداخته بود زمین. به سرم زد دفتر خاطرات روزانه‌ش رو بخوانم، شاید سرنخی پیدا کنم، کشو پایین تخت رو که باز کردم، یهو این نامه رو دیدم روی موکت افتاده. گوشهٔ تخت.

کامران تلفن را گذاشته بود روی بلندگو.

ـ نوشته که رفته، نوشته که رفته ایران. نوشته بهم زنگ نزن. نوشته می‌رم خونهٔ داداشت اینا. پیش زن‌داداشت. خب می‌دونی کامران، با اونا همیشه جور بوده. عاشق بچه‌های داداشمه. یعنی کلاً عاشق بچه‌ست.

کامران و زارا پهن می‌شوند روی زمین؛ فقط گوش‌اند. آن طرف خط هم دیگر حرفی نمی‌زند. سکوت شده. باد انگار توی گوشی می‌رود و می‌آید. ثانیه‌هایی که گویا از تاریخ می‌آیند و به تاریخ می‌روند. بالاخره کامران صدایش درمی‌آید: «خیالمون راحت شد که چی کرده و کجاست! خو، حالا چی جور رفته تا فرودگاه؟»

ـ نمی‌دونم کامران. شاید تاکسی‌تلفنی گرفته. ماشینو با خودش نبرده. می‌تونسته پارک کنه تو محوطهٔ پارکینگ فرودگاه، ولی این کار رو نکرده. چقدر احمق و بی‌شعور بودم من که دیشب اون حرفو بهش زدم. خودشو از دست دادم. زنمو از دست دادم.

بی‌خداحافظی قطع می‌کند. زارا به مادر و خواهر مهتاب با پیامک خبر را می‌دهد. کامران دوباره می‌رود بالکن و سیگاری می‌گیراند. زارا نشسته روی کاناپه و نگاهش خیره به صفحهٔ تلویزیون که روی فیلم لاست ایستاده. مهتاب هم به سعید و این زندگی مکث داده، زندگی با سعید را پاوز[1] کرده است. نه زندگی‌اش جریان دارد و نه این زندگی را

1- pause

از جریـان انداختـه. هنـوز متوقف نشـده، فقط مکث اسـت.

- زارا، این زن عجب کاری کرده!

زارا سـاکت اسـت و خیـره به تلویزیـون نگاه می‌کند، شـاید نیم سـاعتی در سـکوت می‌گذرد.

- بلنـد شـو بـرو بخـواب. بایـد شـیش صبح بیـدار بشـی بری سـر کار. بـا فکـر و خیال‌هـای مـن و تـو مشـکلات اونـا درسـت نمی‌شـه. بلند شـو. سـاعت یک شـد.

- آره. می‌دونم. دست خودم نیس. مگه خوابم می‌بره؟ تو هم بیا.

- منم میام. پا شو.

کامـران می‌خوابـد و زارا فکـر می‌کنـد خیلـی وقت‌ها نقـش مادر کامـران را برایـش دارد نـه همسـرش را. هـزار بار خواسـته بـود این نقش را نداشـته باشـد. زنـش باشـد. همسـرش باشـد، ولـی نمی‌شـد. بـاز مـادرش می‌شـد. خُروپُـف کامـران کـه بلنـد می‌شـود، می‌آیـد بـه بالکـن. خیـره بـه مهتـاب. نور سـفیدش چنـان پخـش زمین و هواسـت که می‌شـود بی‌چراغ شـهر را بگـردی و بچرخی. نشسـته و همین‌طـور بـه مهتابـش نـگاه می‌کند، رفیـق شـب‌های بی‌خوابی‌اش.

- اگـه بـرم، مـردم چی فکر می‌کنـن؟ همین دوسـتامون؟ همینایی که سـی سـاله اینجـا زندگـی می‌کنـن؟ همینایی کـه از بچگـی از هیفده‌سـالگی اومدن اینجـا؟ اگـه بـرم و یه سـال بعـد برگردم یا اصـلاً برنگـردم؟ مردم چـی می‌گن؟ چـه حرفایی پشـت سـرم می‌زنن؟

موبایلـش دینـگ می‌کند. پیـام واتس‌اَپـی مهتاب اسـت: زارا جـان، من فـرودگاه اورلی پاریسـم، منتظر پـرواز ترکیـش. ایـران برسـم باهـات تمـاس می‌گیـرم. ممنـون از زحماتـت. امـروز خیلـی بهـت زحمـت دادم. لطفـاً ایـن پیامـو زودتـر پـاک کـن تـا شـر نشـه بـرات. یـه وقـت دیدی تـا بچه‌ت بـه دنیا بیـاد، مـن برگشـتم و خـودم بـراش سیسـمونی بگیـرم. می‌بوسـمت.

پیام پاک می‌شود. ماه بر سینهٔ تاریک آسمان چسبیده است، کامل، گرد، بزرگ، زرد، زیبا. فردا شب هم باز مثل تمام این میلیون سال طلوع خواهد کرد.

زارا در دلش می‌خواند: روی نگار در نظرم جلوه می‌نمود / وز دور بوسه بر رخ مهتاب می‌زدم.

۲۰۱۲

فصل ناتمام

ساعت شده است سهٔ صبح. بعد از صد بار از این پهلو به آن پهلو شدن بالاخره بلند می‌شود، رُب دو شامبرش را می‌پوشد و می‌رود به اتاق کارش. روزی چند بار سر زدن به فیس‌بوکِ سعید شده عادت معمولش، البته با اکانتی مستعار. دیروز سر ظهر که کامپیوتر را روشن و فیس‌بوکش را چک می‌کند، ناگهان متوجه می‌شود تمام فامیل عکس پروفایلشان شده عکسی از افسانه دختر سعید با روبانی سیاه. از این صفحه به آن صفحه، از این عکس به آن عکس می‌رود. چند ساعت می‌گذرد؟ نمی‌داند. فقط می‌داند تنش منجمد شده و چشم‌هایش روی عکس‌ها، ناله‌ها و گریه‌های میان کلمه‌ها خیره مانده. صدای سرسام‌آور آژیر خطر بلند می‌شود. چیزی دارد آتش می‌گیرد، می‌سوزد. بوی سوختنی، بوی غذای سوخته زیر دماغش می‌آید. تمام خانه زیر غباری از دود رفته است. درها و پنجره‌ها را باز می‌کند و آژیر را خاموش. تمام غذا را در سطل آشغال می‌ریزد.

دوباره به فیس‌بوک برمی‌گردد. مگر این عکس‌ها لایک‌زدن دارد؟ با نگاه به هر عکسی نفس‌کشیدن برایش سخت‌تر می‌شود.

یکی نوشته: «افسانهٔ هشت‌ساله بی‌هیچ ادعایی اعضای بدنش

را بخشیده است به بیماران در خطر؛ از مغز استخوان گرفته تا قلب، کلیه، کبد، قرنیه.»

تاب نمی‌آورد. سمت پنجره می‌رود. برمی‌گردد، دوباره پشت کامپیوتر می‌نشیند و به عکس‌های دختر سعید خیره می‌شود. عجیب چشم‌هایش شبیه سعید است! بود!

سعیدجان، آن چه حرفی بود که آن روز زدی؟ حالا افسانه‌ات تکه‌تکه میان بدن‌های مردم. قلبش همان‌طور که گفته بودی در تن یکی دیگر. افسانه نمرده، چطور ممکن است مرده باشد؟ وقتی قلبش در بدن یک انسان دیگر هنوز دارد می‌تپد.

روی صفحهٔ سعید ولی هیچ‌چیزی نوشته نشده است. چند سال پیش، افسانه به‌اسم مستعار، به‌اسم یک مرد برایش درخواست دوستی فرستاد و او هم قبول کرد. در تمام این ده سال گاهی حتی با هم چت نیز کرده‌اند. شاید هم سعید تشخیص داد که این غریبه کیست، اما هیچ‌وقت به رویش نیاورد. فصل‌ها گذشته است، سال‌ها گذشته است و همه‌چیز پایان گرفته است. افسانه این‌طرف آب زندگی می‌کند و سعید با هزاران مایل فاصله آن‌طرف آب، اما آیا هر چیزی که مربوط به گذشته است، به این معنی‌ست که به‌تمامی درگذشته است؟ به نظر می‌آید در مورد افسانه فصل ناتمامی در زندگی‌اش وجود دارد.

سعید فقط یک عکس از خودش در پروفایل گذاشته است. همان عکسی که با هم رفته بودند به عکاسی میدان توحید تا سعید برای اداره عکس پرسنلی بگیرد. همان یک عکس و دیگر عکسی نگذاشته است، نه از خودش، نه از زنش و نه از دو بچه‌اش. فقط عکس‌هایی از طبیعت و حیوانات. آن روز گفته بود: «افسانه، اگه یه روز تو نباشی، طاقت نمیارم، می‌رم توی طبیعت، یه خونه توی یکی از دهات شمال می‌گیرم. از دست همه فرار می‌کنم.»

عصر بود و هر دو تازه از سر کار برگشته بودند. افسانه با مانتو، شلوار و مقنعهٔ سیاه، سعید با کت‌وشلوار کارمندی خاکستری. سعید آپارتمان کوچک نوسازی در ولنجک کرایه کرده بود. کارگران ساختمان تا پیش از آمدن آن‌ها هنوز مشغول کار بودند؛ همه‌جا پر از گچ‌وخاک. روی زمین خوابیدند، روی روزنامه‌های باطله. سعید کتش را زیر سر افسانه مچاله کرد: «سرت درد نگیره خوشگلم روی این زمین سفت؟»

- با تو که هستم، هیچ‌جام درد نمی‌گیره.

- تو برایم ترانه می‌خوانی / سخنت جذبه‌ای نهان دارد / گویا خوابم و ترانهٔ تو / از جهانی دیگر نشان دارد.

تن برهنه‌اش را از میان بازوان مرطوب از عرق سعید بیرون کشید، غلتی زد و به پشت روی زمین خوابید. همان‌طور که داشت به سعید نگاه می‌کرد، پرسید: «چرا این‌قدر فروغ رو دوست داری؟»

سعید هم به پشت خوابید و سیگاری روشن کرد. افسانه سیگار را از دست سعید قاپید و گذاشت میان لب‌ها و همان‌طور که حلقهٔ دود را بیرون می‌داد، گفت: «خب!...»

- زن شجاعیه.

- تو چی؟ شجاعی؟

- چرا این سؤال رو می‌کنی؟

گوشهٔ لب‌های افسانه لبخندی چسبیده بود و سیگار میان لب‌های برجسته‌اش.

- همین‌طوری. می‌خوام بدونم تو هم پای خواسته و انتخابت می‌مونی مثل فروغ؟ نرخ عشق چقدره برات؟

- این‌قدر هست که اسمم رو برای پیوند اعضا دادم تا اگه روزی مردم، قلبم رو به بیماری ببخشند تا این قلب همیشه به عشق تو زنده بمونه.

- واقعاً که بعضی وقت‌ها چقدر بی‌ربط حرف می‌زنی. این‌ها توهّمه.

سعید سیگار را از میان لب‌های افسانه برداشت.

- به چشم‌های من نگاه کن.

افسانه به چشم‌هایش نگاه کرد.

- به‌خدا توهم نیست.

افسانه نیم‌خیز شد و لب‌های سعید را به لب گرفت. آخرین پک را به سیگار زد. سعید دوباره به پشت خوابید. چشم‌هایش به دور خیره شد. ناگهان گفت: «همیشه عاشق این بودم که دختر داشته باشم.»

- خب، این‌طور که معلومه جنابعالی برای خودت نقشه‌ها کشیدی و چه خودخواه. من دلم می‌خواد پسر باشه.

سعید ته‌سیگار خاموش را از میان انگشت‌های افسانه گرفت و روی کاغذ باطله‌ای پرت کرد.

- من که حرفی ندارم، ولی زحمت تو زیاد می‌شه. یه دختر و یه پسر درست می‌کنیم. جنسمون هم جور می‌شه.

افسانه غش کرد از خنده. او را در آغوش گرفت و گفت: «تا باشه از این زحمت‌ها.»

و بعد پرسید: «اسمش رو چی بذاریم؟»

- افسانه.

- افسانه که منم.

- چه اشکالی داره. مثل فیلم‌های آمریکایی، دیدی باباهه اسمش جکه، پسره هم اسمش جک.

- سعید، حالا چرا افسانه؟

- چون دلم می‌خواد عشق من و تو همیشه زنده بمونه و از بین نره. مثل یک افسانه بشه.

موبایل افسانه زنگ می‌زند: «عزیزم، همین الآن پروازم نشست. با ترافیک اِل‌اِی فکر کنم دو ساعت دیگه خونه باشم.»
- باشه، سیامک جان. شام بریم بیرون؟
- هر چی تو بخوای. کجا بریم؟
- حالا بیا تا بعد تصمیم بگیریم.

روی یوتیوب دنبال موسیقی می‌گردد، بلکه حال‌وهوایش تا آمدن سیامک عوض شود.

سیامک چه گناهی کرده که باید هر روز منو با یه اخلاق ببینه.

دلش هوای صدای محمد نوری را می‌کند. نمی‌شه غصه ما رو یه لحظه تنها بذاره / نمی‌شه این قافله ما رو تو خواب جا بذاره / ما رو تو خواب جا بذاره. صورتش را میان دست‌هایش می‌گیرد. ناغافل اشک پهنای صورتش را خیس می‌کند. نمی‌تواند جلو ریزش اشک‌ها را بگیرد. از عمیق‌ترین جای قلبش بیرون می‌ریزند. پردرد آه می‌کشد.

نمی‌تواند بنشیند و دست روی دست بگذارد و همین‌طور چهره از اشک خیس کند. باید راه برود. باید حتماً راه برود. سنگ هم از آسمان ببارد، باید بیرون برود. بیرون از خانه سنگ از آسمان نمی‌بارد ولی نیزه‌های آتش از آسمان به سر و رویش هجوم می‌آورند. در این بعدازظهر ماه اوت، آسمان سوزان ریورساید از غبار، گرما و دود مه‌گرفته است. هوایی نیست، هر چه هست، خفگی است. دمی زیر سایهٔ بید مجنون می‌ایستد. هُرم گرما نفس درختان را گرفته است، هوا را مکیده است. زمین از آفتاب صیقلی شده. ماشین‌ها زیر تندی آفتاب برق می‌زنند. کولرهای گازی همسایه‌ها خُرخُر می‌کنند. بیخ گلویش از خشکی می‌سوزد. تمام تنش در غلاف گرما محصور شده، جانش در حال ذوب‌شدن است. نیمه‌حال برمی‌گردد به خانه. خودش را از فشار سینه‌بند آزاد می‌کند. سرش را می‌کند توی

فریزر. شماره‌ٔ سیامک را می‌گیرد. زنگ اول نزده قطع می‌کند.

چه بگویم؟ چه فایده؟ از کجا بگویم؟ حال مرا چه می‌فهمد؟

زمزمه می‌کند: افسوس، ما خوشبخت و آرامیم/ افسوس، ما دلتنگ و خاموشیم/ خوشبخت زیرا دوست می‌داریم/ دلتنگ، زیرا عشق نفرینی است.

نا ندارد. دوباره شماره‌ٔ سیامک را می‌گیرد. فقط دلش می‌خواهد حرف بزند. مهم نیست چه حرفی: «سیامک، چقدر دیگه مونده برسی؟»

همان لباس‌خوابی را پوشیده که شوهرش دوست دارد. پیراهن توری آبی با گل‌های کوچک رز صورتی روی سینه. لبهٔ تخت می‌نشیند. سیامک زیر ملافه به پهلو دراز کشیده. افسانه با حرکت تند دست، پهلوهای تپلش را قلقلک می‌دهد. سیامک خوشش می‌آید، می‌خندد. او هم دست پیش می‌برد که افسانه را قلقلک دهد، افسانه همین‌که حالت او را می‌بیند، غش می‌کند از خنده و می‌گوید: «وای نه، نه، نه، تو رو خدا نه.»

از صدای خندهٔ خود تعجب می‌کند. باورش نمی‌شود خودش باشد که دارد می‌خندد. فقط تن می‌خواهد. فقط بازی می‌خواهد. فقط زندگی، شوخی و نوازش می‌خواهد. پناه می‌خواهد. سیامک ریسه می‌رود: «باشه باشه، کاری باهات ندارم.»

- مسواک نزدی؟

- چرا!

- دهنت رو باز کن ببینم.

افسانه دهان سیامک را بو می‌کند. دهانش بوی سیگار می‌دهد. دلش نمی‌آید بگوید دروغ می‌گویی.

- مشکوکی. بوی خمیردندون نمی‌دی.

از ده سال پیش که سیگار را ترک کرده تحمل بوی آن برایش سخت شده؛ حتی منزجر و متنفر.

سیامک لبخندزنان بلند می‌شود و می‌رود تا مسواک بزند. وقتی برمی‌گردد، افسانه انگار خوابش برده است.
- ای کلک، مثلاً خوابت برده؟!

افسانه تمام جانش را جمع می‌کند تا لبخندی به شوهرش بزند. کنار هم دراز می‌کشند و مشغول نوازش دست و تن یکدیگر. یادش می‌افتد به آن تکه از فیلم «آرامش در حضور دیگران» که می‌گفت «عشق‌بازی با احترامات فائقه». نگاهش در اتاق نیمه‌تاریک بر سقف مانده است. یادش می‌رود به آن عصر گرم تیرماه، در خانهٔ پر از گچ‌وخاک سعید، روی کاغذهای باطله، بر هم و میان هم بارها پیچیده و از هم سیراب شده بودند. هر دو به هم می‌دادند و می‌گرفتند. هیچ‌چیز مانع نیروی لایزال جوانی‌شان نمی‌شد، نه گچ‌وخاک ساختمان، نه خستگی بعد از کار اداری، نه گرسنگی، نه عرق نشسته بر تن، و نه گرمای مانده در هوا. یاد مانند باد می‌چرخید و می‌رفت به آن عصر و هزار عصر دیگر، هزار صبح و هزار شب دیگر که تن بود و تن بود و خواهش. ناز بود و نیاز و هزار رؤیا برای پیوند و بعد مرئی‌شدن مرزها.

انگشت‌های سیامک در هوا بشکن می‌زند.
- هی کجایی؟
- هان؟ همین‌جا.
- نه نبودی!
- آره، راست می‌گی نبودم. رفته بودم به اون دور دورا.
- کجا مثلاً؟
- ولش کن. حالا وقتش نیست. بعد می‌گم.

افسانه روی بازو می‌چرخد و سر بی‌موی سیامک را ناز می‌کند و چشم‌هایش را می‌بندد. چه سخت است، ولی باید موفق شود. باید

موفـق شـوند. برخلاف آن روزها، عشـق‌بازی با سـیامک شـده پـر از مقدمه. دوش‌گرفتـن. مسـواک‌زدن. دکترشـان گفته سـعی کنیـد. حتی اگـر میـل به رابطه نداریـد، ولی سـعی کنیـد. بالاخره از پـس کار برمی‌آیند. به سـه دقیقه نرسـیده خروپـف سـیامک بلنـد می‌شـود. افسـانه آه می‌کشـد و رو بـه دیوار می‌چرخـد. سـیامک بـه پشـت خوابیده اسـت.

- چرا آه می‌کشی؟
- مگه تو بیداری؟

تـا می‌خواهـد فکـر کند چـه جوابی بدهـد، باز صدای خروپـف سـیامک را می‌شـنود.

سـاعت شـده اسـت سـهٔ صبـح و صـد بـار از ایـن پهلـو بـه آن پهلـو. بالاخـره بلنـد می‌شـود. رُب دو شامبرش را می‌پوشـد و مـی‌رود بـه اتـاق کارش. فیس‌بـوک سـعید را بـاز می‌کنـد. عجیـب اسـت. نـه چیزی نوشـته و نـه حتی عکسـی از دخترش گذاشـته. می‌خواهد به‌اسـم خودش و نه اسـم مسـتعار برایـش پیام خصوصـی بگذارد. پنج جمله می‌نویسـد. همـه را پاک می‌کنـد. از صفحـهٔ سـعید بیـرون می‌آیـد. قطره‌هـای اشـک از گوشـه‌های چشـم سُـر می‌خورنـد روی چانـه، می‌چکنـد روی دکمه‌هـای کیبـورد. ای کاش بتونم مثل آدم گریه کنم. ای کاش.

زل زده اسـت به مانیتـور، بی‌اینکـه چیزی ببینـد و بخوانـد؛ نگاهی به صفحه‌هـای دور خاطـره، چشـم‌ها خیـره بـه گذشـته‌ها، به آن عصر نحس.

- هوا خیلی گرمه. بریم توی یه کافه.
- موافقم. بریم اون دست خیابون. کافهٔ ۷۸.
- من این خیابون کریم‌خان زند رو خیلی دوست دارم.
- من هم. پر از کتاب‌فروشی و کافی‌شاپه.

لیوان‌های بزرگ کافه‌گلاسه جلوشان بود و آن را هم می‌زدند.

افسانه گفت: «چرا اون حرف رو زدی؟ مگه قراره جدا بشیم؟»

سـعید لیـوان شـبنم‌زدهٔ کافه‌گلاسـه را به لب بـرد، ولی قطره‌ای ننوشـید و گفـت: «چـرا؟ تو می‌گـی به فکـرِ رفتنی.»

افسـانه مقنعـه‌اش را کمـی عقـب کشـید و آن را از زیـر گلویش شـل کرد تـا کمـی هوا برود و خنک بشـود. به سـعید نگاهـی طولانی انداخت. سـعید هـم داشـت نگاهـش می‌کـرد. افسـانه گفـت: «مـن نگفتم بـرم، گفتـم بریم. خـب، مگـه نمی‌گی عاشـق مادرتـی و نمی‌تونـی روی حرفش حـرف بزنی.»

ـ افسانه!

سـعید خواسـت دسـت‌های افسـانه را از روی میـز بگیرد، ولی افسـانه دسـتش را پـس کشـید و نـگاه از او گرفـت. خـودش هـم نمی‌دانسـت چرا ایـن کار را کـرد؟ اولیـن بـار بـود کـه سـعید را پس می‌زد. شـاید داشـت از نـگاه جـذاب سـعید فـرار می‌کـرد کـه می‌توانسـت تـا آخـر عمـر اسـیرش کنـد. کـدام زن تـاب مقاومـت در برابـر ایـن چشـم‌های رمانتیـک و ایـن بازوهـای مردانـه را دارد؟

ـ افسـانه چـی؟ دیگه خسـته شـدم از رابطـهٔ پنهانـی. تو مادام بـوواری و فـروغ می‌خونـی و ازشـون لـذت می‌بری، بعـد گیر کـردی تو روابط سـنّتی.

ـ افسانه، مادرمه. درک کن.

ـ مـن هـم نمی‌تونم به خـودم دروغ بگم. مـن نمی‌تونم مثل رومی اشـنایدر یـه عمـر معشـوقهٔ آلن دلـون بمونـم. یه مـرد می‌خـوام که بتونـه پـای انتخابش، پای عشـقش وایسـه! هر عشـقی یه قیمتـی داره، یه نرخـی داره. نداره؟

سعید به لیوان کافه‌گلاسه‌اش لب نزده بود.

ـ یه کم دیگه صبر کن. بهم فرصت بده.

ـ پنج سال کافی نبوده؟

سـعید با دسـتمال پارچه‌ای سـفیدی عـرق روی پیشـانی‌اش را پـاک کرد.

افسانه دلش برایش سوخت. نمی‌دانست از خجالت عرق کرده یا از گرمای تابستان. هرچه بود قلبش را زخم می‌زد، اما باید مقاومت می‌کرد.

- افسانه، افسانه، تو می‌گی من چی‌کار کنم؟

افسانه لیوان بستنی آب‌شده‌اش را آرام به وسط میز هل داد.

- من که نمی‌تونم از طرف تو تصمیم بگیرم. مادرت می‌گه من چهار سال بزرگ‌ترم. چی بگم؟

سعید مرتب عرق پیشانی‌اش را پاک می‌کرد.

- باور کن خیلی بهت احترام می‌ذاره. هر چی نباشه نوه‌عموشی. می‌گه این دختر تحصیل‌کرده است، ولی...

افسانه از پشت میز بلند شد، کیفش را انداخت روی دوشش.

- ولی زن‌ها دو تا شکم که بزان از ریخت می‌افتن. مادرت زن رو ماشین جوجه‌کشی می‌بینه. هر وقت تونستی راضی‌ش کنی، با من تماس بگیر.

پول میز را حساب کرد و از کافه بیرون رفت. وقتی از کنار کافه می‌گذشت، چشمش به سعید افتاد که سرش را میان دستانش گرفته بود.

صدای بازشدن در توالت می‌آید. افسانه فیس‌بوک را می‌بندد. صدای سیفون توالت در سکوت خانه می‌پیچد. کتابی باز می‌کند. سیامک در آستانه ایستاده است.

- چرا نخوابیدی، خوشگلم؟

- مثل همیشه، بی‌خوابی.

سیامک چشم‌های خواب‌آلودش را می‌مالد. می‌آید نزدیک و دست افسانه را می‌گیرد.

- بیا، بیا بریم بخوابیم.

سپتامبر ۲۰۱۳

هات‌داگ کاسکو[1]

از فروشگاه کاسکو که بیرون می‌آییم، کوت می‌گوید: «خیلی گرسنه‌م، دوست داری از همین رستوران فست‌فود چیزی بگیریم بخوریم؟ هات‌داگ‌هاش خوشمزه‌ست.»

- باشه.

- پس تو با این چرخ خرید یه جا پیدا کن و بشین تا من برم و برگردم.

چرخ خرید را که خیلی سنگین شده است و زورم نمی‌رسد، به‌زحمت می‌کشم کنار دیوار، نزدیک میزی. چه جمعیتی! ایستگاه شکم. شش عصر است و هوا آفتابی. زیر سایه‌بان بزرگ رستوران ولی سایه است و هوای خنک و ملس غروب. پشت میز سمت راست یک خانوادهٔ پرجمعیت مکزیکی نشسته‌اند؛ همه تُپل‌مُپل، چهار بچه، پدر، مادر، پدربزرگ و مادربزرگ. بعد از خرید آمده‌اند دلی از عزا دربیاورند. یاد ذرت‌مکزیکی‌های تهران می‌افتم. یک‌بار به یکی از مکزیکی‌های کلاس گفتم: «در تهران ذرت‌مکزیکی می‌خوردیم.»

پرسید: «ذرت‌مکزیکی دیگه چیه؟»

1- Costco

توضیح که دادم، خندید و گفت: «ما اصلاً همچین چیزی نداریم.»

در محوطهٔ پارکینگ کاسکو، ماشین‌ها درازبه‌دراز پارک شده‌اند. آن‌طرف‌تر هم پمپ‌بنزین کاسکوست؛ قیامت. ماشین‌ها دل به دل صاحبانشان غذا می‌خواهند. پمپ‌بنزین کاسکو یکی از ارزان‌ترین جاها برای بنزین در آمریکاست. سالی صد دلار پول عضویت می‌دهی، در عوض یک دلار و پنجاه سنت کمتر از جاهای دیگر برای بنزین پرداخت می‌کنی. بنزین ارزان برای ماشین و هات‌داگ ارزان برای مردم. قیمت خوب کالا، مردم را فله‌ای می‌کشاند به کاسکو. خرید می‌کنند ارزان، غذا می‌خورند ارزان، بنزین می‌زنند ارزان، گرچه بنزین بی‌کیفیت موتور ماشین را خراب می‌کند و فست‌فودها تندرستی آدم‌ها را. کالیفرنیا، ایالت ماشین‌ها؛ هر فرد بالغ، یک ماشین، اما آن‌هایی که وسعشان نمی‌رسد، چه می‌کنند؟ مترو و اتوبوس هم که مثل اروپا نیست.

پشت میز روبه‌رویم، مادر لاغر جوان رنگ‌پریده‌ای نشسته است و پسربچهٔ یکی‌دوساله‌ای روی پایش. دو قاچ پیتزا خریده. بعد از هر لقمه‌ای که می‌خورد، لقمه‌ای هم به دهان پسرک می‌گذارد. بچه مثل مادر لاغر و بی‌رنگ‌وروست. مادر هر لقمه‌ای که فرو می‌دهد، روی گلوی باریک و بلندش قلمبه‌ای پیدا می‌شود. انگار از بس غذا از آن عبور نکرده، به‌زحمت راهش را پیدا می‌کند برای پایین‌رفتن. هر تکه‌ای که از پیتزا می‌کَنَد مراقب است مبادا ذره‌ای بریزد، حرام شود. توی چرخ بزرگ خرید فقط دو بسته پوشک بچه دیده می‌شود. کوچکیِ حجم خرید بیشتر خود نشان می‌دهد در بزرگیِ چرخ خرید. کوچکیِ خانوادهٔ دونفره‌شان بیشتر به چشم می‌آید میان این خانواده‌های بزرگ و پرجمعیت. لاغربودنشان خیلی به چشم می‌زند میان این‌همه مشتری‌های چاقِ فست‌فودی.

کـوت می‌آیـد بـا دو هـات‌داگ، دو قـاچ پیتـزا و یـک ظرف سـالاد کاهو در ظرف‌هـای یک‌بارمصرف، دو لیـوان بـزرگ کـوک[1]، همـه در یـک سـینی، تعداد زیـادی پنیـر پارمـزان در بسـته‌های کوچـک پلاسـتیکی، سـس فلفـل و... اولیـن بـار وقتـی از مـن پرسـیده بـود: «نوشـیدنی چـی می‌خـوری؟ کـوک یـا آب؟»
گفته بودم: «کوک دیگه چیه؟»
- کوک؟ کوک دیگه. کوکاکولا.
- آهان. آره. لطفاً.
- مگه توی پاریس چی می‌گن؟
- می‌گن کولا.

کـوت وقتـی می‌نشـیند، به‌سـرعت شـروع می‌کنـد بـه خـوردن. نمی‌خـورد، می‌بلعـد. نـگاه نمی‌کنـد، حـرف نمی‌زد، فقـط می‌خـورد. ترتیـب یـک هات‌داگ را کـه می‌دهـد، می‌پرسـد: «چیـه؟ دوسـت نـداری؟ چـرا نمـی‌خوری؟»
- چرا دوست دارم. می‌خورم.

مـادر و بچـه بـا هـم یکـی از پیتزاهـا را تمـام می‌کننـد. هـر لقمـه‌ای کـه از گلـوی دراز و باریکـش مثـل قلوه‌سـنگ پاییـن مـی‌رود، سـر بچـه را می‌بوسـد و بـه رویـش می‌خنـدد. یکـی از بسـته‌های کوچـک پلاسـتیکی را بـاز می‌کنـم. سـس خـردل مارپیـچ ریختـه می‌شـود روی هـات‌داگ. بعـد سـس فلفـل. لقمـهٔ کوچکـی بـه دنـدان می‌گیـرم. بچـه نـگاهش بـه دسـت مادر اسـت کـه از قـاچ دوم پیتـزا تکـه‌ای می‌کَنَـد. چشـم‌هایش بـا دسـت مـادر پاییـن مـی‌رود روی پیتـزا و بعـد بـالا می‌آیـد تـا دهـان مـادر. دو تکه خـورده می‌شـود، سـهم بچه هیـچ اسـت، امـا نه، لقمـهٔ سـوم سـهم اوسـت، بـا بوسـه‌ای دیگـر. لب‌هـای خوش‌حال کوچولویـش بـه لبخنـدی شـکفته می‌شـود. انگشـت‌های لاغـر، دراز و چـرب مـادر بـا دسـتمال کاغـذی پـاک، و دسـتمال سـفید چـرب و قرمـز

1- Coke

می‌شود. با همان دستِ نیمه‌چرب نوک دماغ تیز و درازش را می‌خاراند.

بچه پدر دارد؟ این مادر و بچه ماشین دارند؟ اگر ندارند چه‌طور آمده‌اند کاسکو برای خرید؟ کنار میزشان حتی کالسکهٔ بچه هم نیست. پس مادر تمام مدت بچه‌بغل، خود را این‌طرف و آن‌طرف می‌کشاند؟ با اتوبوس می‌روند و می‌آیند؟ در این آفتاب داغ کالیفرنیا می‌ایستد در ایستگاه اتوبوس با بستهٔ خرید به دست و بچه در بغل؟ شاید حتی ازدواج‌نکرده بچه‌دار شده. شاید مرد گذاشته و رفته. دولت به خانواده‌های بی‌بضاعت کمک می‌کند، ولی آیا کافی است؟ چرا این زن این‌قدر بی‌رنگ‌ورو و لاغر است؟ انگار حتی زرد است. شاید مواد مصرف می‌کند، وگرنه چرا این‌قدر لاغر و زردنبو؟ اگر مواد مصرف کند، پس پول دولت کافی نیست. پول تمام دنیا هم کم است. مواد همه‌چیز را می‌بلعد. رُس تو را می‌کشد و می‌شوی پوست روی استخوان، عین همین زن.

برای اینکه کوت فکر نکند غذا را دوست ندارم، هات‌داگ را ذره‌ذره و آرام می‌خورم، اما دلم می‌خواهد بچه را بغل کنم و به او غذا بدهم، چون مادرش گرسنه است و دو لقمه در میان به پسرک غذا می‌دهد. دهان کوچکش منتظر و باز می‌ماند. تا دست دراز و چرب مادر به دهانش می‌رسد، از شوق غذا دست را گاز می‌گیرد. مادر ناگهان با مشت به سر بچه می‌کوبد. نه انگار دقیقه‌ای پیش سر کوچکش را بوسیده بود. بچه گریه نمی‌کند مثل هر بچه‌ای که دردش بگیرد، جیغ نمی‌زند، فریاد نمی‌کشد مثل هر بچه دیگری که بخواهد از چیزی شکایت کند، فقط پرخشم به مادر نگاه می‌کند. بچه دیگر دوساله نیست، انگار پسری هجده‌ساله که قصد کند مادرش را بزند، ولی بعد به او رحم کند. پسرک دندان‌هایش روی هم فشرده، لب‌هایش خط نازکی شده، لقمه در دهانش حبس می‌شود. لقمه را نه فرو می‌دهد پایین، نه تف می‌کند بیرون. انگار این داستان

را بشناسد، انگار تجربه داشته باشد در همین دو سال کوتاه عمرش که چیست مادر، چه می‌کند مادر؟ لابد تجربه دارد که گریه نمی‌کند. مادر بی‌اعتنا لقمه‌ای به دهان می‌گذارد. لقمه‌ای هم طرف دهان بچه می‌گیرد. بچه سر می‌چرخاند. دست مادر پس می‌رود، سر بچه برمی‌گردد. نگاهش هنوز با همان خشم به مادر است. لب‌هایش می‌لرزند ولی از اشک خبری نیست. انگشت‌های دراز و چرب مادر بار دیگر دستمال را به چنگ می‌گیرند. دستمال چرب‌تر، سرخ‌تر، مچاله‌تر می‌شود. انگشت‌ها می‌روند لای موهای نازک، زرد و تارش که روی چشم‌ها ریخته‌اند. مادر جرعه‌ای کوک با نی می‌نوشد که نگاهش به نگاه من می‌افتد. می‌بیند که من دیده‌ام. نگاهم را می‌دزدم. دیر شده است. چنگال میان کاهو می‌زنم، به دهان می‌برم و بازی‌بازی می‌جوم. چشم‌ها هم مثل موها و پوستش زرد است. دستمال در چنگش مچاله، چرک و سرخ می‌شود. لب‌های بچه هنوز مچاله است، چانه‌اش می‌لرزد، اما چشم‌هایش خیس نیست. گلویش تکانی می‌خورد. چه را قورت می‌دهد؟ مادر بلند می‌شود، بچه را می‌گذارد توی چرخ خرید. می‌چرخد و می‌رود. می‌روند. غذا روی میز، نیمه‌کاره رهاشده. آن را با خود نمی‌برد. چرا غذا را با خود نبرد؟ چرا این‌قدر با عجله؟ یعنی سیر شد؟ نه، داشت می‌خورد، اما یک‌هو دیگر نخورد. بچه را که مطمئنم سیر نشد؛ یعنی در خانه غذا دارند؟ حتی اگر سیر هم شده باشد، می‌توانست بقیهٔ غذا را با خودش ببرد و بعد بخورد. بعد حتماً گرسنه می‌شود. گرسنه می‌شوند. بعد همه گرسنه می‌شوند. شکم یعنی همین، یعنی وقتی غذا می‌خوری همان وقت سیر می‌شوی، ساعتی بعد گرسنه‌ای و همان یک تکه پیتزا سیرت می‌کند. راحتت می‌کند، آرامت می‌کند. چرا باقی غذا را با خود نبرد؟ یعنی به آن احتیاج ندارد؟ پس لابد در خانه غذا دارند. اینجا که رسم است مردم باقی غذا را

بـا خـود می‌برنـد. دارا و نـدار هم ندارد. کسـی بد نمی‌دانـد. با نـگاه او را دنبال می‌کنـم. تـا می‌توانـم ردش را می‌گیـرم. چـرخ می‌چرخـد راسـت، مـی‌رود پشـت رسـتوران. دیگـر نمی‌بینم. هیچ‌چیـزی نمی‌بینم. ماشـین دارد یـا ندارد؟ در ایسـتگاه اتوبـوس ایسـتاده اسـت یا نه؟

خط‌هـای تیـز قرمـز و نارنجـی غـروب در آسـمان روی تپه‌هـای سـان آنتونیـو هاشـور زده‌انـد.

۲۰۱۶، کالیفرنیا

جزیره‌ای در دل تهران بزرگ

نام داستان «جزیره» است. این جزیره‌ای که می‌خواهم داستانش را بگویم، مثل جزیره‌های دیگر تکه‌ای زمین یا خشکی نیست که میان آب دریا، اقیانوس یا خلیج باشد، بلکه محله‌ای است فقیر در شهر تهران. «جزیره» را در کتاب «آسیب‌شناسی اجتماعی ایران» پیدا کردم. البته این کتاب به تکمیل داستان دیگرم هم کمک کرده بود؛ داستان «تن‌فروشی». نوشتن این داستان را شش ماه قبل از خواندن این کتاب شروع کرده بودم. در داروخانه‌ای زیر پل کریم‌خان زند کار می‌کردم. ماجرای عجیبی در مورد همجنس‌گراهای آن منطقه شنیدم. آن را نوشتم ولی نامی برایش نداشتم تا اینکه کلمهٔ «تن‌فروشی» را در مقدمهٔ این کتاب پیدا کردم.

روزی که نویسندهٔ محترمِ آن کتاب، یک نسخه از آن را به‌رسم هدیه تقدیم کرد، گفت: «در این کتاب هزاران داستان پیدا می‌کنی!»

«جزیره» محله‌ای است وسط شهر، دور از آب و دریا، در خاک‌سفید تهران‌پارس که سال ۱۳۷۹ پاک‌سازی شد، ولی مدیرکل مبارزه با مواد مخدر در روزنامهٔ «انتخاب امروز» به‌تاریخ ۲۵ اردیبهشت ۱۳۸۰ گفت: «خاک‌سفید کاملاً پاک‌سازی نشده است.»

بنابراین داستانی که در ادامه می‌آید، می‌تواند در جزیرهٔ تهران‌پارس اتفاق افتاده باشد یا بیفتد، ولی این حرف‌ها چه اهمیتی دارد؟ اسم داستان را داریم، موضوعش را داریم و حتی جایش را هم داریم. آن‌هم به‌صورت کاملاً واقعی. دروغ هم نیست! هیچ داستانی دروغ نیست، اما هیچ داستانی هم راست نیست. در ضمن برای نوشتن یک داستان نیازی نیست مکان داستان وجود خارجی و واقعی داشته باشد. جایی دربارهٔ مارگریت دوراس خواندم که از اسم مکان‌های واقعی به‌نفع داستان‌هایش استفاده می‌کرده، مثلاً نام منطقه‌ای از هندوچین را وام گرفته، ولی داستانی فرانسوی را نقل کرده است.

چرا نویسندهٔ این داستان، میان دیگر محله‌های مورد بررسی آسیب‌شناسی در کتاب، محلهٔ خاک‌سفید (گلشن) را انتخاب کرده است؟ ساده است. یکی از نزدیک‌ترین بستگان او در تهران‌پارس، بلوار پروین زندگی می‌کند. بلوار پروین به جزیره نزدیک است. پس طبیعی است که این بخش از کتاب را با حساسیت و توجه بیشتری بخواند و ناخودآگاه متوجه بشود که قلم دست گرفته و مشغول نوشتن شده است.

بنابه‌روایت کتاب، این منطقهٔ آلونک‌نشین در سال ۱۳۳۱ مثل دیگر محله‌های مفلوک در دل ابرشهر تهران تشکیل شد. جایی شبیه حلبی‌آباد، حصیرآباد، زورآباد، صلح‌آباد، مفت‌آباد و دیگر فقرآبادهایی که همین‌جور ساعت‌به‌ساعت دوروبر پایتخت از عرض و طول رشد می‌کنند.

در فاصلهٔ ۱۳۴۲ تا ۱۳۵۷ آن محله‌خراب‌آبادها رشد شدیدی داشتند. پس از انقلاب، هم رشد و هم دگرگونی را تجربه کردند، بنابراین با این تاریخ مستند می‌توانیم پدری پنجاه‌ساله را برای خانوادهٔ داستان فرض بگیریم، البته باید گفت محلهٔ گلشن به‌طور دقیق بین ۱۳۴۸ تا ۱۳۵۲ شکل گرفت و رشد کرد.

داستان جزیره پدری دارد پنجاه‌ساله با ظاهری بیست سال پیرتر،

شبیه هفتادساله‌ها. یک خانوادهٔ متلاشی؛ از شدت فقر زشت و کریه و کثیف. قربانیان شرور، خانوادهٔ بی‌شرمان، خانواده‌ای که کمترین بی‌شرمی آن‌ها، اجاره‌دادن تن‌هایشان است برای پولی سیاه.

همین‌جا بگویم جزئیات این داستان را در آن کتاب پیدا نمی‌کنید. من تکه‌تکه‌های این داستان را از قسمت‌های گوناگون زندگی جاری گرفته‌ام. از تلویزیون، حرف‌های خاله‌زنکی، روزنامه، داستان‌سازی خودم، دیدن و دقت روی زندگی کودکان و دختران جوانی که در خیابان بخت می‌فروشند و چه می‌دانم هر چیز دیگر. بعد همهٔ این‌ها را به‌قول سینمایی‌ها مونتاژ کرده‌ام و بالاخره شده است همین که می‌خوانید، البته به‌علاوهٔ ساعت‌ها و روزها و سال‌ها تجربه و تفکر و خواندن و حس‌کردن و تنهایی‌کشیدن و... دست آخر شده این چند صفحه که معلوم هم نیست چه سرنوشت و پایانی در انتظار آن باشد ـ هم از نظر خود داستان و هم از بابت دوستان و ادیبان و غریبه‌ها و خلاصه اهل قلم و فهم که مثلاً بخوانند و نقد کنند و بنویسند: چه داستان خنکی، چه نثر فلانی، به‌لحاظ فنی و ویرایش مشکل دارد، نویسنده خودش را برای فامیلش یعنی نویسندهٔ آن کتاب لوس کرده و...

می‌بینی خواننده‌جان، پوست نویسنده کنده می‌شود تا بخواهد قدَر شود. برای خودش کمتر از کوزه‌گری فوت‌وفن ندارد. تازه ما جزو خوش‌شانس‌هاییم. بیچاره آن نویسندگانی که برای رهایی از قسمت‌های تلخ زندگی متوسل به دود و دم می‌شوند و از آن تلخ‌تر و رئال‌تر به هپروت پناه می‌برند تا تخیلشان قوی‌تر شود و کارهای خارق‌العادهٔ دهان‌واکن بنویسند. خلاصه هی می‌کِشند و می‌کِشند. غافل از اینکه دنیا خیلی وقت‌ها برعکس می‌شود، چون از این به‌بعد آن‌ها هستند که کشیده می‌شوند. این مادهٔ استثنایی، به‌قول شاعر فرانسوی حسودترین معشوقهٔ دنیاست و اصلاً

چشم ندارد هیچ‌چیز و هیچ‌کس دیگر را جز خودش و جای خودش ببیند. برگردیم به داستان: خانواده‌ای داریم غربتی، حاشیه‌نشین، در محلهٔ گلشن (تهران‌پارس) در جزیره، با پدری هفتادساله که پنجاه سال بیشتر ندارد. این خانه یا بهتر است بگویم «آلونک»، آلونکی که نه آشپزخانه دارد نه حمام، در باریکه‌راهی خاکی بناشده با ۱۵،۴۵۵ نفر همسایه، در حصارِ آلونک‌هایی مثل خودش. دو طرف این آلونک‌ها دو جوی کثیف، راکد و پر از لجن وجود دارد. بوی تعفن تمام فضا را پر کرده. آلونک، زیرزمین است و زشت.

حتماً همکاران نقدنویس و داستان‌نویس به اینجا که می‌رسند، می‌گویند: نویسنده تخطی کرده و نباید بگوید زشت یا زیبا یا فقیر یا اِل یا بِل. باید سعی کند تصویر بدهد و خواننده خودش متوجه فضا بشود. مگر نه اینکه هنری جیمز می‌گوید: «حرف نزن، نشان بده.»

پس نویسنده نباید از صفات مشخص استفاده کند. نویسنده باید فضا بدهد. باید نباید، باید نباید...

آلونک، زیرزمینی پنجاه‌متری است در جزیره. یک خانوادهٔ غربتی شانزده‌نفره. همسایه‌ها همه روستایی، همه مهاجر. بهترین شغل کارگری است. باسوادترینشان سیکل دارد. از هر قومی هست. هرکس به‌دلیلی هجرت کرده است. هرکسی فرهنگی دارد و به‌تدریج با هم نوعی فرهنگ خاص پایین‌شهری را درست کرده‌اند. این همسایه‌ها، این غربتی‌ها، همه هم‌سرنوشت، همه بخت‌فروش‌اند. داستان یکی را که بگوییم، زندگی ۱۵،۴۵۵ نفر را گفته‌ایم. یک خانوادهٔ غربتی شانزده‌نفره در زیرزمینی پنجاه‌متری؛ غربتی‌ها، کولی‌ها. مستند از کتاب و تحقیق، پدر و مادر این خانواده، سال‌های اول انقلاب به‌همراه دیگر کولی‌ها از بابل، آمل، ساری، گنبد و گرگان به این محل آمدند و در کنار آوارگان و کارگران جا گرفتند و جزیره را ساختند.

جزیره در انتهای خیابان ۱۹۶، ضلع شرقی آب‌انبار واقع است. اهل محل از جزیره حساب می‌برند. اهل جزیره همه حامی و هوادارِ هم‌اند. اهل محل ناتوان و ضعیف‌اند. جزیره امن است برای خلاف‌کاری!

آلونکی که شانزده نفر به‌طور دائم در آن زندگی می‌کنند و دیگرانی که غیردائم در آن رفت‌وآمد دارند. آلونکی که اطرافش را زباله و جوی‌های کثیف و لجن و مگس پر کرده است. زیرزمینی که هوا ندارد. خانوادهٔ شانزده‌نفره درآمد خوبی از فروش مواد مخدر و اجاره‌دادن دخترانش دارد، اما مصرف مواد در خود خانواده بالاست. به‌حدی که همه مبتلا هستند. جوان‌ترین فرد این خانواده دختری است چهارده‌ساله؛ مانند شش خواهر دیگرش به اجاره می‌رود. نامش ریگناست. به‌دستور پدر هر غروب خواهران بزرگ‌تر او را آرایش غلیظی می‌کنند با لباس زننده و جلف. بعد دسته‌جمعی کنار خیابان پلاس می‌شوند. پدر از دور مراقب است مبادا دخترانش به قیمت پایین بروند.

ریگنا جوان‌ترین، مطلوب‌ترین و گران‌ترین دختر است. راوی/نویسنده یک‌بار تصادفی، او را در محله‌ای غیر از تهران‌پارس در کوچه برلن دید که داشت اسفند دود می‌کرد. او پوستی کشیده و صاف دارد. با گونه‌های گل‌انداخته و لب‌های درشت صورتی، البته راوی خیلی هم مطمئن نیست که او همان ریگنای جزیره باشد.

خواهران ریگنا در جزیره به او یاد داده‌اند چگونه حرف‌های تحریک‌کننده و اغواگر بزنند. ریگنا، دختر زیبای قدبلندی است که به‌تازگی بالغ شده. وقتی یک‌ساله بود و داشت بی‌خیال از همه‌جا در کالسکه‌اش شیر می‌خورد، مادرش داشت در مغازه‌ای سر یک قوری با فروشنده چانه می‌زد. پدر کولی او را توی کیسه‌اش انداخت. از آن به‌بعد ریگنا هرگز در کالسکه‌اش نخوابید. حالا ریگنا مشتریان زیادی دارد. او گاهی وقت‌ها موقع فروش

مـواد بـرای ردگم‌کـردن اسـفند دود می‌کند، شـاید هم بـرای علامـت‌دادن. او حتـی یـاد گرفته کـه چگونـه مـواد را در سـوراخ‌های بدنش جاسـازی کند.

شـب کـه می‌شـد آلونـک، همـان زیرزمیـن نمـور، قوطـی کنسـروی بـود پـر از کرم‌هـای خاکـی. همـهٔ شـانزده نفرشـان ردیف‌به‌ردیـف کنـار هـم می‌خوابیدنـد. آن شـب نوبـت ریگنـا بـود از پسـتو رختخواب‌ها را بیـاورد. در آن نیمـهٔ تاریـک پسـتو پشـت پـرده، هُـرم نفسـی پوسـت گردنـش را داغ کـرد. همـان وقـت حـس کـرد دسـت کسـی مثـل مـار روی پوسـت تنـش می‌خـزد. سـریع دسـتش را زیـر پیرهنـش برد و دسـت را محکـم گرفت. بـرادرش بود که نفس‌به‌نفسـش پشـت سـرش ایسـتاده بود. خواسـت دسـت را پس بکشـد، اما بـرادرش با دسـت دیگر، مـچ ریگنا را محکم گرفـت و صورتش را فشـار داد به رختخواب‌هـا. ریگنـا قدرتـی نداشـت. دسـت بـرادر را رهـا کرد و تا خواسـت بـه خـودش بیایـد تمـام تنـش بلعیده شـده بـود در بازوهـای تنگ بـرادر. نفس تـب‌دار او می‌خـورد بـه لالـهٔ گـوش، گـردن و کمـرش. خواسـته بـود جیغـی بکشـد، امـا صدایـش خفـه شـد. خواسـته بـود فرار کنـد، اما تنش اسیر شـده بـود. چشـم‌هایش را محکـم بسـت و سـعی کـرد خیـال کنـد که جـای دیگری اسـت. سـعی کرد چیزی احسـاس نکنـد، اما مگر می‌شـد. بـرادر وقتی کارش تمام شـد، مثل مردی که ایسـتاده شاشـیده باشـد، زیپش را بالا کشـید و رفت.

بـرادر همیـن کار را قبـلاً با فروزان، دختـر زن دوم پدر، کـرده بود. خواهر و بـرادر تنـی! بـرادر ریگنا شـرور و بی‌رحـم بود، امـا بی‌انصافی اسـت که او را فقـط شـرور بنامیـم؛ یعنـی مـادرزاد کـه این‌طـور خلق نشـده بود؛ شـرور بالفطـره، جانـی بالفطـره. این کلیشـه‌ها را بایـد ریخت دور!

پسـربچهٔ خوشـگل و مامانی که شـش سـال بیشـتر ندارد، اما پـدر کولی او را بـرای کار بـه کارگاهـی می‌سـپارد و از همـان وقـت می‌افتـد بـه بزرگـراه زندگـی. سـاعاتی بعـد ناممکنـیِ زندگی چهـرهٔ خـود را به او نشـان می‌دهد.

هوا تاریک شده و نشده، سرکارگر او را پشت مغازه می‌کشاند و شلوارش را پایین می‌کشد. صورتش چسبیده به دیوار و پشتش هُرم نفس سرکارگر. آن شب از زور درد نمی‌تواند بخوابد. پیش رویش تهدید سرکارگر است و پشت سرش اجبار پدر برای آوردن نان.

حالا دیگر برادر ریگنا مرد جوانی است بلندقامت و هنوز خوش‌قیافه و جذاب. دستکش چرمی دست می‌کند و سوار بر موتور کراس جلوی دخترها ویراژ می‌دهد. دخترها برای آن اندام ورزیده و مردانه ضعف می‌روند. او شرور است. خودِ ابلیس است، اما واقعیت این است که زیباست. دخترها دوستش دارند. هرچند خشن است، اما دوستش دارند و حاضرند هر کاری به‌خاطرش بکنند.

برادر یکی از دخترها را واداشته بود از بابت تن‌فروشی به او پول بدهد. دختر این کار را می‌کرد بلکه رضایت این مرد زیبای هرزهٔ وحشی را به دست بیاورد. برادر از دختر دیگری خواست به‌عنوان مسافر سوار ماشینش شود. با ظاهرِ مسافرکش زنی را سوار کردند. او را به محله‌های پرت فرحزاد بردند، هر دو به او تجاوز کردند و بعد اموالش را گرفتند و نیمه‌برهنه و زخمی همان‌جا رهایش کردند. برادر هرازگاهی این کارش را تکرار می‌کند.

بچه‌ای در بی‌کجای این شهر سلاخی شد و حالا از همه انتقام می‌گیرد. رحم از واژگان او نیست. خواننده، آیا خفاش شب را به یاد داری؟ همان که زن‌ها را بی‌سیرت می‌کرد و بعد آن‌ها را قصابی... آدم که ذاتاً خفاش و بن‌لادن به دنیا نمی‌آید. آدم به دنیا می‌آید؛ یک بچهٔ آدم واقعی، بعد می‌شود گودزیلا، خون‌آشام، خفاش و...

حالا تحت تعقیب پلیس است. برادر می‌گوید: «از این زندگی پرجنایت و پرزحمت خیلی خوشم می‌آید؛ اینکه آدم لج دولت را دربیاورد!»

او بـا آدم‌های گنده سَـر و سِـر دارد. خـوب می‌داند چطور مواد بکشـد که روی همـه را کـم کنـد. به‌راحتی با موتـورش می‌تواند در خیابان‌ها هر پلیسـی را قـال بگـذارد یـا از روی پشـت‌بام‌ها به‌هـر طریقـی فـرار کنـد. او می‌توانـد بـدون احسـاس گنـاه و به‌راحتـی چاقویش را تا دسـته در شـکم هرکسـی فرو کنـد و شـکم طـرف را جر بدهـد. او برای پول هـر کاری می‌کنـد. همان پولی کـه وقتی فقط شـش سـال داشـت، او را مجبـور به کثافت‌شـدن کرد.

خـب خواننده‌جـان، فکـر می‌کنـی نتیجـه و عاقبت ایـن برادر چه شـد؟ مثـل سـریال‌های آبکـی و دروغ تلویزیـون، یک آدم نیکوکار و سـالم سـر راه او سـبز شـد و او را متوجـه اشـتباهاتش کـرد؟ او هـم بـه راه راسـت هدایـت شـد؟ یـا مثـل خفـاش شـب و گـروه سـیندرلا و گـروه فـلان و بهمـان کـه روزنامه‌هـا جنجـال کردنـد، پلیـس او را دسـتگیر، دادگاهـی، محاکمـه و بـه سـزای اعمالش رسـاند؟ ای‌کاش وقتـی کودکی بیش نبـود آن آدم صالح او را می‌دیـد و زیـر بال‌وپـرش را می‌گرفـت!

هیچ‌کـدام از این‌هـا اتفـاق نیفتـاد. نـه بـه راه راسـت هدایـت شـد و نـه پلیـس دسـتگیرش کـرد. بـرادر، یک جانـی قلدر و معروف شـد کـه آوازه‌اش بـه همه‌جـای دنیـا رسـید، چـون می‌گفـت: «در کسـب‌وکار جنایـت بایـد همه‌جـا حـی و حاضـر باشـی وگرنـه از چنگـت درمـی‌رود.»

واقعـاً همین‌طـور بـود. نمی‌شـد قتلـی، جنایتی، سـرقتی، تجـاوزی تو این شـهر اتفاق بیفتد و او نقشـی در آن نداشـته باشـد. واقعاً زحمت کشید و پشـت کار را گرفت. همین‌طوری شـد که صاحب اسـم و رسـم شـد و از کشـورهای دیگـر طالبش شـدند. مثـلاً فرقهٔ طالبـان. برادر تـا نیویورک هم رفـت و جـزو گانگسـترهای آنجـا شـد. هیچ‌وقـت هـم گیـر نیفتـاد یـا اگر هـم افتـاد، آن‌قدر خـودش و مافیا پول داشـتند کـه قاضی و قـوهٔ قضاییهٔ آن مملکـت را بخرنـد. گانگسـترها به قانـون پول می‌دهنـد. در واقع پلیس و

دولت و سیاستمداران جزو حقوق‌بگیران مافیا هستند.

این جملهٔ آخر را از کتاب بیلی باتگیت، اثر ال. دکتروف کش رفتم. استاد حرف حساب زده است. حیفم آمد اینجا نیاورم. خب، این از داستان برادر ریگنا که به خوبی و خوشی تمام شد. بالا رفتیم دوغ بود، پایین آمدیم ماست بود، قصهٔ ما راست بود. خداوکیلی راست نیست؟

ریگنا چه شد؟ چند باری خواسته بود فرار کند و بالاخره کرد. خواسته بود از آن فشار، از آن حصار زله‌کننده خلاص شود. برادر و دارودسته‌اش تا او را پیدا کنند، خودش برگشته بود. سه شب را در سوز سرما زیر پل خوابیده بود. باز هم تنش را فروخته بود تا لقمه نانی فرو دهد. پس فکر کرد چه‌کاری است این دربه‌دری. آن خانه حداقل پناهگاه شبانه‌اش است. هر بی‌شرفی هم جرئت دست‌درازی نمی‌کند مگر خودش و برادر بخواهند. پس برگشت. همان‌جا سهمش بود از تمام کرهٔ زمین. همین خانه، همین گورخانه. شب که برادر به حریمش وارد شد، به ریگنا گفت: «از چه می‌خواهی فرار کنی؟ همه‌چیز موقتی است. زندگی ما همین است. هر جا که باشیم و هر لباسی که تنمان باشد.»

برای ریگنا هم مثل توی فیلم‌ها نه شوهر جوانی پیدا شد که آب توبه سرش بریزد و به زنی بگیردش و نه در ماجراهای خیابانی لو رفت. نه زن پیرمرد پول‌داری شد که مثلاً یک نان‌خور کمتر شود و نه مثل زنان دیگر در طول تاریخ از فلاکت و بدبختی خودسوزی یا خودکشی کرد. آن شب برادر با او حرف زد: «کسب‌وکار ما همین است و تو نباید وحشت کنی. همین.»

برادر کار نان‌وآب‌داری در دبی درست می‌کند. ریگنا در آنجا روی همه را کم می‌کند. بس‌که زیباست و باهوش، عربی را یک‌ماهه یاد می‌گیرد. کارش سکه است. می‌دانند فامیل برادر است. کسی جرئت

می‌کنـد چپ نگاهش کند؟ زن باشـی، خوشـگل باشـی و کسـی مثـل برادر پشـت تـو باشـد. بیـن عرب‌هـای ایرانی‌پسـند هـم باشـی. زندگـی ریگنـا به‌سـرعت رشـد کرد. تمـام زن‌هـای آن‌کاره از هر قومـی را اسـتخدام کرد. از روس تـا ایرانـی. ایـن یکـی از شـیرین‌کاری‌های دختر قصـهٔ ما بـود. فریفتن مأمورهـای گمـرک در هـر مـرزی بـا لونـدی، کار دیگرش بـود. مطیـع اوامر بـرادر بـود. کارهایـش و زندگـی‌اش از چنـد جهـت تغییـر می‌کـرد. دیگر آن دختـر معمولـی خیابان‌هـا نبـود کـه خـودش را به پـول سـیاهی می‌فروخت. حـالا تمـام و کمـال بختـش را می‌فروخـت، البتـه معلـوم نیسـت. زندگـی حسـاب‌وکتاب نـدارد. مگـر سرنوشـت بـرادرش بد شـد؟

ریگنـا، تـو دختر منی. خودم تو را خلق کردم. درسـت اسـت کـه پول‌دار شـدی، ولـی می‌دانم زندگـی‌ات مدام در زحمـت و مـرارت و تعقیب و گریز اسـت. ایـن سرنوشـت را مـن برایـت نوشـتم. دلـم نمی‌خواسـت این‌طـور شـود. واقعـاً متأسـفم. می‌دانی من قصـد فریب تو یـا خودم را نداشـتم. خدا می‌دانـد کـه چقـدر دلـم می‌خواسـت شـوهرت بدهم. یـک شـوهر خوب و مهربـان. بعـد بچه‌دار شـوید. یک دختـر مامانی و یک پسـر کاکل‌زری، ولی ممکـن نیسـت. به‌قـول بـرادرت زندگـی شـما همیـن اسـت. می‌دانـم تو زن فوق‌العـاده‌ای هسـتی و بـه همـدردی یا تحسـین هیچ‌کس احتیاجـی نداری!

تـو زیبایـی و جـوان و کنتـرل زندگـی را بـه دسـت گرفتـه‌ای، هرچنـد که مـن، تـو و بـرادرت را در ایـن داسـتان نکشـتم و شـما همیشـه وجـود داریـد در تمـام دوره‌هـا. ولـی این تمـام واقعیت نیسـت و شـما همیشـه در معرض خطریـد؛ خطر از سـوی رقیبان، دولت‌هـا، مردم عادی، ماجراهای عاشـقانه یا حسـادت و شـاید کشـتن بـرای بقا!

۲۰۰۳

میان دیوار

صـدای اذان مغـرب بـه گـوش می‌رسـد. میثـم بـه خانـه رسـیده و مثـل همیشـه کلیـدش در قفـل گیـر می‌کنـد. چندبـاری کلیـد را بیرون می‌کشـد، جـا می‌زند، سـعی می‌کنـد کلید را بچرخانـد اما نمی‌چرخد. دسـتش می‌رود به‌سـمت زنگ امـا نمی‌زنـد. می‌ترسـد مبـادا مـادرش طبـق عـادت عصر هنـوز خواب باشـد. دوبـاره کلیـد را در قفـل می‌چرخانـد، کلنجـار مـی‌رود و بالاخـره باز می‌شـود.

در سـکوت خلـوت آپارتمـان صـدای باریـدن دوش را می‌شـنود. نگاهـش می‌خواهـد بـرود سـمت حمـام، ناگهـان روی میز تسـبیح فیـروزه‌ای و انگشـتر عقیقـی می‌بینـد. کوله‌پشتی‌اش از شـانه می‌سـرد و بـه پایـش می‌افتـد. آهسـته مـی‌رود تا پـای میز، تسـبیح را برمی‌دارد، دسـت می‌گیـرد و می‌گردانـد. دانه‌ها، بیـن انگشـت شسـت و اشـاره‌اش می‌لغزنـد و روی هـم می‌افتنـد. تسـبیح را نزدیـک گـوش می‌بـرد و به صـدای افتـادن دانه‌ها گـوش می‌کند و آرام می‌شـود. عطـر مردانه‌ای از تسـبیح به مشـامش می‌خورد. تسـبیح را نفس می‌کشـد، تمام وجـودش از عطـر پـر می‌شـود. قلبش بـه تپـش می‌افتد. تسـبیح را می‌گـذارد و انگشـتر را برمـی‌دارد و بـه انگشـت نشـانه‌اش می‌کند. انگشـتر حول انگشـتش سـرگردان می‌شـود. دارد بـا شسـت آن را دور انگشـتش می‌چرخانـد کـه در

حمام باز می‌شود. محسن با اندام بلند چهارشانه تمام چارچوب را پر کرده است. میثم با هول انگشتر را روی میز می‌گذارد و سلام می‌کند. محسن دارد با حوله موهای صاف و سیاهش را خشک می‌کند. چشمش که به نگاه مضطرب میثم می‌افتد، لب‌هایش به خنده کج می‌شود. جواب سلام میثم را می‌دهد و روی مبل ولو می‌شود با نیم‌نگاهی به میثم که هنوز سر جایش میخ ایستاده است. بی‌تفاوت انگشترش را برمی‌دارد و به انگشت می‌کند، اما میثم نمی‌تواند چشم از بازوهای عضلانی محسن بگیرد. عضله‌های درشت و جوانی که انگار می‌خواهند آستین‌های کوتاه زیرپیراهنی را جر دهند. در اتاق خواب باز می‌شود و مادرش بیرون می‌آید. پیرهن سفید توری با گل‌های برجستهٔ صورتی‌اش را دوباره به تن کرده، زیرابروهای برداشته، لب‌های شهوانی، پیشانی بلند، و چشم‌هایی گیرا. شباهت دوری به هنرپیشهٔ ایتالیایی مونیکا بلوچی دارد. محسن همان‌طور که روی مبل لم داده نگاهش از چاک پستان‌ها و کمر باریک تا ساق پای او می‌چرد، انگار قطره‌آبی که روی مجسمهٔ مرمرین ونوس لیز بخورد و میان پاهایش به زمین بچکد. چشم‌هایش هنوز دارد روی تن مریم پرسه می‌زند که می‌گوید: «مریم، چایی داری؟»

- آره تازه‌دمه.

- پس یکی بریز تا من آماده می‌شم.

مریم از اینکه اسمش را صدا کرده قند توی دلش آب می‌شود. به محسن لبخندی می‌زند و می‌خواهد برود آشپزخانه که میثم سلام می‌کند. مادر که ناگهان تازه متوجه حضور فرزند شده، سر برمی‌گرداند و می‌گوید: «سلام، کی اومدی!؟»

- چند دقیقه‌ای هست!

مریم چای را می‌ریزد تو استکانی بزرگ، و با قندانی پر از قند می‌گذارد

روی میز، و منتظر آمدن محسن می‌شود که در اتاق‌خواب دارد لباس فرمش را می‌پوشد. نگاه تندی می‌اندازد به سبد میوه که فقط تکه‌ای سیب قهوه‌ای‌شده و یک هستهٔ خیس هلو در آن است. محسن برمی‌گردد و کنار مریم می‌نشیند. زیرچشمی نگاهی به میثم می‌کند و هم‌زمان دستش می‌خزد روی ران‌های برجسته مریم. شهوت زیر انگشتانش، روی ران‌ها وول می‌خورد. مریم لبخند ملایمی می‌زند و دست می‌گذارد روی دست محسن. محسن چایش را می‌نوشد. دکمه‌های آستین و بند پوتینش را می‌بندد. رو به میثم می‌پرسد: «میثم، ساکتی؟ خوبی؟»

میثم که تا حالا سکوت کرده بود، با چشم‌های گیج و قلبی تپنده، سرش را بالا می‌گیرد و به چشم‌های بادامی و قهوه‌ای محسن نگاه می‌کند که دارد سر تا پایش را ورانداز می‌کند. لبخندش فقط لب‌هایی کج شده است روی صورتش. توی مبل فرو می‌رود. خوب می‌داند محسن از آن آدم‌هایی است که هر کاری را بخواهد می‌تواند به‌شیوهٔ خودش انجام دهد.

ـ خوبم، آقامحسن.

محسن چایش را هورت می‌کشد. فکر می‌کند این سه ماه مثل برق و باد گذاشت و می‌پرسد: «چند ترم دیگه تمومی؟»

میثم انگشتان بلندش را شبیه شانه لای موهای لخت و بلندش می‌کشد. موهای قهوه‌ای‌اش تا سر شانه می‌رسد.

ـ یه ترم دیگه، آقامحسن!

محسن پاهای بلندش را روی هم می‌اندازد، خونسرد و مستقیم به میثم نگاه می‌کند. می‌پرسد: «دیگه به کافی‌شاپ نمی‌ری؟»

میثم از نگاه‌کردن به چشم‌های او خودداری می‌کند. یک نوع گیجی مطبوع دارد و آهسته جواب می‌دهد: «چرا، آقامحسن. باید راه بیفتم.»

محسن آخرین قطره‌های چای را فرو می‌دهد: «خوبه، مرد باید

کار کنه. جای مرد توی خونه نیست.»

مریم می‌گوید: «آقامحسن، دستت درد نکنه که این کارو برای میثم جور کردی.»

محسن جواب نمی‌دهد. رو به میثم، باز می‌پرسد: «پس چرا خونه‌ای؟»

میثم سرش را پایین گرفته، گوشهٔ ناخن‌هایش را با دندان می‌کند، توی مبل جابه‌جا می‌شود: «باید راه بیفتم!»

محسن رو به مریم: «زنگ زدی آژانس؟ دیر شد.»

ـ بله، آقامحسن. زنگ زدم!

محسن به ساعتش نگاه می‌کند و به‌تندی می‌گوید: «پس کدوم گوریه؟»

مریم برای اینکه نشان دهد نگران است و از ترس اینکه مبادا محسن دادوبیداد راه بیندازد، بلند می‌شود و می‌رود سمت پنجره، پرده را کنار می‌زند تا ببیند آژانس آمده یا نه، اما محسن دادش هوا می‌رود.

ـ لامصب بیا کنار از اون پنجره. پرده رو بنداز. چی می‌خوای از اونجا؟

ـ هیچی والّا، آقامحسن. می‌خواستم ببینم آژانس اومده.

ـ خب اگه بیاد که زنگ می‌زنه.

مریم چشمش می‌افتد به مجله‌های قدیمی چرک‌مرده، و تار مویی دراز به‌شکل علامت سؤال روی میز. چقدر دلش می‌خواست می‌توانست خودش را برای آقامحسن بگیرد و بزند زیر همه‌چیز، ولی وقتی به اجاره‌خانه فکر می‌کند و قدوبالای محسن، دلش برایش غش می‌رود. دوباره می‌آید و کنار محسن می‌نشیند. می‌گوید: «آره حق با شماست، آقامحسن. اما خب حالاها دیگه پیداش می‌شه. غروب تابستونه و ترافیک.»

محسن از جایش بلند می‌شود و به‌حالت پرخاش می‌گوید: «مگه صد دفعه نگفتم که بگی حتماً سر ساعت بیاد؟»

ـ گفتم به‌خدا، آقامحسن. باید حالاها بیاد. حرص و جوش نخور.

زنگ در بـه صـدا درمی‌آیـد. میثـم جـواب می‌دهـد. بعـد رو به محسـن: «آژانس!»

محسـن در آپارتمـان را بـاز می‌کنـد تـا بـرود، بـه میثـم می‌گویـد: «اگـه بخـوای می‌تونـی بـا مـن بیایـی. تـا یـه جاهایـی می‌رسـونمت.»

مریـم نفـس بلنـدی می‌کشـد و می‌گویـد: «آره، میثـم بـرو. تـو هـم داره دیـرت می‌شـه. این‌طـوری کرایـه رو هـم صرفه‌جویـی می‌کنـی. همـه‌ش می‌گـی نمی‌دونـم چـرا نمی‌تونـم پـول جمـع کنـم.»

و پیـش خـود فکـر می‌کند باز هـم خدا را شـکر که رابطهٔ میثم و محسـن خـوب اسـت. صیغـهٔ حاجـی کـه بـود، میثـم نـه بـا او می‌سـاخت و نـه بـا حاجـی، همـه‌اش دعـوا مرافعه داشـتند، ولی با محسـن نه. شـاید بـرای این اسـت کـه محسـن و میثـم خیلـی اختلاف سـنی با هـم ندارنـد و بعدش هم محسـن مثـل حاجی ناخن‌خشـک نیسـت.

محسـن دارد از پله‌هـا به‌شـتاب مـی‌رود پاییـن. به‌عمـد چـراغ راه‌پلـه را روشـن نمی‌کنـد تا اگـر همسـایه‌ای او را دید، چهـره‌اش را تشـخیص ندهد، امـا داد خفـه‌ای می‌زنـد کـه: «بیـا دیگـه میثم، دیر شـد.»

آژانـس جلـو در سـاختمان پـارک کـرده اسـت. محسـن در ماشـین را بـرای میثـم بـاز گذاشـته، میثـم آرام خـود را سُـر می‌دهـد تـوی ماشـین. محسـن به‌محـض اینکه می‌نشـیند، از تـوی جیب بغلش حلقـه‌ای طلایی درمـی‌آورد و بـه انگشـت دسـت چپش می‌کنـد. آن را دور انگشـتش چرخ می‌دهـد، نگاهـش بـه میثم اسـت، پوزخنـدی لب‌هایـش را کـج کـرده، می‌گویـد: «دارم مـی‌رم سـر خدمـت.»

میثم فقط سـر تـکان می‌دهد. لب‌هایش خشـک اسـت. راننده اسـتارت کـه می‌زنـد، صـدای پخـش صـوت بلنـد می‌شـود. آن را خامـوش می‌کنـد. محسـن می‌گوید: «اشـکالی نـداره، داداش.»

و بعد کرایهٔ راننده را با یک انعام چاق می‌گذارد روی صندلی جلو. راننده از آینه لبخندی تحویل محسن می‌دهد و می‌گوید: «خیلی آقایی.»

محسن نامجو می‌خواند: **یه روز صبح از خواب پا می‌شی می‌بینی رفتی به باد، هیشکی دوروبرت نیست، همه رو بردی ز یاد...**

محسن به نیم‌رخ میثم نگاه می‌کند. با کف دست اول می‌زند روی ران لاغر میثم و بعد هم بشکنی در هوا: «کجایی پسر؟»

میثم برمی‌گردد محسن را نگاه می‌کند و چشمش می‌افتد به ردیف دندان‌های سفید و مرتبش که میان لب‌های خندانش معلوم است. آب دهانش را به‌سختی قورت می‌دهد. محسن کاغذ مچاله‌ای می‌گذارد کف دست میثم. بازش که می‌کند، ساعت و آدرس را که می‌بیند، دلش از خوشی غنج می‌زند. رنج شیرینی در بدنش منتشر می‌شود. در این سه ماه گذشته که محسن ازدواج کرده بود دیگر امید نداشت همدم او شود. چیزی داشت او را می‌کشت. بدن نازک و شانه‌های ظریفش از قبل هم نازک‌تر شده بود. می‌شد از روی پیراهن چسبانش، دنده‌هایش را شمرد. سعی کرده بود دوست دیگری بگیرد اما هیچ‌کس برای او محسن نمی‌شد. حتی مادرش، حتی زن محسن، هیچ‌کس و هیچ‌چیز باعث نمی‌شد که او محسن را دوست نداشته باشد. چرا؟ نمی‌دانست چرا. فقط می‌دانست زندگی‌اش بدون او معنی ندارد. هر بار که سعی می‌کرد به او فکر نکند، محسن محکم‌تر در یادش زنده می‌شد. شده بود تمام امید و زندگی‌اش. حالا عشق رؤیایی‌اش باز کنارش نشسته است.

محسن با کف دست می‌زند روی روکش ماشین که یعنی بیا نزدیک‌تر. میثم آرام سر می‌خورد سمت محسن ولی باز هم با فاصله. نگاه محتاطش به راننده است. محسن سر و گردنش را می‌اندازد بالا که یعنی مهم نیست، نگران نباش. میثم با خیال راحت دستش را می‌گذارد بین خودش و او.

محسن انگشت‌های کشیده و بلندش را قلاب می‌کند لای انگشت‌های میثم و فشار می‌دهد. میثم تنش داغ می‌شود، قلبش تند و پرصدا توی سینه‌اش می‌تپد طوری که صدایش توی گوش‌هایش می‌پیچد. صورتش سرخ می‌شود، لب‌هایش خشک. نگاه پرتمنایی به چشم‌های محسن می‌کند. چقدر دلش می‌خواست همین الآن سرش را می‌گذاشت روی شانه‌های محسن.

۲۰۱۸

سامسارا

سام دست راست روی فرمان و دست چپ بر لبهٔ پنجرهٔ ماشین دارد. موبایلش زنگ می‌خورد. جواب نمی‌دهد.
- جواب نمی‌دهی؟
- نه. موقع رانندگی؟ حتماً مامان است دیگر.
- بارک‌الله. پیشرفت کرده‌اید، قربان. اولین بار است که می‌بینم جواب نمی‌دهی.

لبخندی می‌زند و می‌گوید: «هه، هیچ‌وقت برای یادگرفتن دیر نیست.»

هوای گرگ‌ومیش غروب است که از رشت به‌سوی تهران برمی‌گردند. دو ساعتی می‌شود که رانندگی می‌کند. گفته بود این موقع جاده خلوت‌تر است. هوا هنوز روشنایی دارد. در جاده همه‌جا بوی چوب است، بوی درخت، بوی گیاه. سام به‌نرمی خط عوض می‌کند، میان ماشین‌ها می‌لغزد و پیش می‌رود؛ جادهٔ باریک دوطرفه. به‌نرمی دنده عوض می‌کند و سرعت می‌گیرد. با هر دنده‌عوض‌کردن فقط کمی آهنگ موتور تغییر می‌کند. سال اولی‌ست که ماشین پراید به بازار

آمـده. کوچک اسـت، امـا در کنارِ سـام بودن برای سارا انگار سـوار ایرباس باشـد و از خوشبختی بخواهد پـرواز کنـد. و پرواز می‌کنـد، می‌رود به آن روزی کـه بـرای عروسـی بـه نـور، و بـه بـاغ دخترخاله رفته بود.

سام از نزدیکان داماد بود.

- سام، روز آشنایی‌مان یادت است؟
- خیلی خوب یادم است. باورت می‌شود ده سال گذشته؟

لبخندی روی صورتش می‌نشیند.

سـام پنجرهٔ سـمت خـود را پاییـن می‌کشـد: «و آن روز، هـر لبخنـد تـو بر دل مـن تأثیر آتش را داشت.»

- داشت؟

سام پنجره را بالا کشید: «ای سخت‌گیر ملانقطی.»

سـارا دیگـر حرفـی نمی‌زند ولـی در دلـش می‌گویـد حتمـاً کمتـر دوسـتم دارد، چرا گفت داشت؟

- از سرعت که نمی‌ترسی؟

سر می‌اندازد بالا.

- ایـن جـاده خیلـی زیباسـت و یـادآور خیلـی خاطـرات، امـا از چیـز دیگـری می‌ترسـم.
- از چی؟
- مگر هموفیلـی نـداری؟ اگر جایـی از تنـت خـون بیایـد، دیگـر بند نمی‌آید.
- آره. ولـی یـادت رفتـه در ایـن ده سـال مـن هـزار بار ایـن جـاده را رفته و برگشته‌ام؟

تلفن سام باز زنگ می‌خورد. پنجره را پایین می‌کشد.

- واقعـاً نمی‌خواهـی جـواب بدهـی؟ شـاید اتفاقـی افتـاده! مامانت همیشه

یک بار تلفن می‌کرد و پیام می‌گذاشت. حتماً طوری شده که این‌قدر تلفن می‌کند.
با بی‌خیالی می‌گوید: «حتی اگر اتفاقی افتاده باشد، من که الآن اینجا هستم و کاری از دستم برنمی‌آید.»
این رفتار برای سارا خیلی عجیب است و نمی‌تواند ساکت بماند.
ـ تو کسی نیستی که جواب تلفن مادرت را ندهی.
جوابی نمی‌دهد. می‌پرسد: «با موسیقی موافقی؟»
ـ آهان. حرف را عوض کردی؟
تُن صدایش کمی بالا می‌رود: «سارا، چرا این‌قدر گیر می‌دهی؟»
با خود فکر می‌کند یعنی زن دیگری را دوست دارد؟ چه کسی؟ و بعد نگاهی به او می‌اندازد، به‌سردی و آرامش می‌گوید: «عزیزم، عصبی نشو موقع رانندگی خطرناک است. آره، موسیقی دوست دارم.»
توی ماشین تماماً شده تاریکی. همخوانی خواننده اعظم علی و صدای گرم سام.
ـ سارا، چرا ساکتی؟
ـ بعد از ده سال، دیگر روحیه‌ات را می‌شناسم. می‌دانم که بعد از موسیقی محبوبت به سکوت نیاز داری.
ـ دقیقاً، و می‌دانی الآن چی دلم می‌خواهد؟
ـ نه!
ـ اینکه بعد از این ترانه، چشم‌هایم را ببندم.
ـ اوه، نه خواهش می‌کنم. حالا نه.
قاه‌قاه می‌خندد: «نگران نشو. این موسیقی مرا از خود بی‌خود می‌کند.»
صدایی از ته وجود سارا می‌گوید انگار این خنده‌ها راستین نیست.
کمربندی که تمام می‌شود، تهران آغوش خود را به روی ترافیک

می‌گشـاید. بعـد از عوارضـی، پنج ماشـین خرماچپـان زده‌اند به‌هـم. موبایل بـاز زنـگ می‌زند.

ـ الآن که می‌توانی جواب بدهی. توی این راه‌بندان.

سام دستی به ریش خود می‌کشد: «تو را می‌رسانم... بعد.»

سـارا خیلـی دلـش می‌خواهد فکـری را که از اول سـفر به ذهنش رسـیده بگویـد ولـی زبان بـه دهان می گیـرد و فقط می‌پرسـد: «چـرا الآن نه؟»

ـ چـون لحظاتی هسـت کـه آدم می‌خواهـد کار دیگری کنـد، عزیزم. ما الآن بـا هـم هسـتیم و فقط همیـن را می‌خواهـم و دیگر هیچ.

سـارا بـا خود فکـر می‌کنـد آه عزیزم. عزیـز دل مـن، نمی‌خواهد مادرش بدانـد بـا من اسـت. عزیز مـن. اما ایـن فکر فقط بـرای دقایقی با اوسـت.

نـه، رفتـارش تغییـر کرده. بارهـای قبل مادرش خبر داشـت. شـاید زنی بـه او تلفـن می‌کنـد. او عاشـق زنـی شـده؟ ولـی چـه کسـی؟ نکنـد همان زنـی باشـد کـه مکاتبهٔ دانشـگاهی می‌کردنـد. همان کـه گفته بـود می‌تواند برایش بورسـیه از آمریـکا بگیرد؟

سـام دسـتی را کـه دنـده عـوض می‌کنـد، می‌گـذارد روی دسـت سـارا. می‌گویـد: «جالـب نیسـت؟ از نـور تـا تهـران را سـه سـاعت و نیمـه می‌آییم ولـی بـه تهـران کـه می‌رسـیم، دو سـاعت در ترافیـک گرفتـار می‌شـویم.»

سـارا به‌سـردی می‌گویـد: «خب حـالا کـه نمی‌خواهی حال خوشـت را از دسـت بدهـی، صبـر کن تا من گوشـی‌ات را خامـوش کنم.»

سـام خندان و کمی دسـتپاچه گوشـی را از میان دسـت‌های سـارا می‌قاپد: «طـوری حـرف می‌زنـی انـگار بخواهـی تهدیـد کنـی. خـودم خاموشـش می‌کنـم. آهـان. بفرماییـد خانـوم خانومـا. خیالـت راحت شـد؟»

بعـد دنده عـوض می‌کند، سـرعت می‌گیرد، به شـانهٔ خاکی جاده می‌کشـد، از کامیـون سـبقت می‌گیـرد، دوبـاره ماشـین را بـه خـط قبلـی برمی‌گردانـد:

«هاها. ترسیدی؟ دستگیره را گرفتی؟ به مادرم قول داده‌ام ساعت ده خانه باشم. فردا مسافر است.»

- به‌سلامتی.
- ظهر تلفن کرد کاری پیش آمده باید فردا صبح زود همدان باشیم.
- سیامک‌جان، خب چرا بهش تلفن نمی‌کنی، ببینی ماجرا چیست؟

قاه‌قاه می‌خندد: «هر وقت می‌خواهی از من ایراد بگیری، می‌گویی سیامک‌جان، وقت‌های دیگر همان سام هستم.»

سارا با خنده و تردید می‌پرسد: «درست نمی‌گویم؟»

- باید سین جیم بشوم؟ شرایط مرا درک کن. لطفاً بحث نکنیم.

سام کلافه شیشهٔ سمت خود را پایین می‌کشد. نگاهی به ساعت مچی‌اش می‌کند. پشت یک ماشین شاسی‌بلند متوقف شده‌اند. پشت شیشهٔ عقب آن ماشین، ماسک دلقکی بر روی آونگی به چپ و راست حرکت می‌کند. پسرک گل‌فروشی لابه‌لای ماشین‌ها به سمتشان می‌آید. دسته‌ای رز سرخ را به‌سمت سام داخل ماشین می‌گیرد و می‌گوید: «برای خانمت بخر.»

ماشین‌ها به راه می‌افتند. سیامک دسته‌گل را به بیرون پرت می‌کند، شیشه را بالا می‌دهد و پا روی گاز می‌گذارد. بیست متر جلوتر نرفته باز می‌ایستند. سکوت ملال‌آوری جانشین سرزندگی اول شب شده است.

سارا در دلش خیال می‌کند منطقی‌ست. از بحث خسته شده. حتماً مرا دوست دارد و البته درمانده. باز با مادرش به‌خاطر من حرفش شده.

- سیامک‌جان.

- بله قربان.

- مامانت چی می‌گوید؟

- چرا دوست داری تکرار کنم؟ برخلاف میل او مگر ما عقد نکردیم؟

یعنـی هنـوز نمی‌دانـی چقـدر خاطـر تـو را می‌خواهـم؟ حـالا گرچه فعـلاً مجبوریـم در دو خانه باشیم.
سکوت می‌شـود. دیگـر نـه بـه نـوای موسـیقی گـوش می‌کننـد و نـه حرفـی می‌زننـد. از تیرهـای بلنـد چراغ‌بـرق کنـار جـاده یکـی پـس از دیگـری عبـور می‌کننـد، از تابلوهـای نئـون و رنگـی مغازه‌هـا. وارد تونلـی طولانـی و تاریـک می‌شـوند. سـارا شیشـه را پاییـن می‌کشـد و سـرش را بر لبۀ پنجره تکیه می‌دهـد. بـاد گیسـوان سیاهـش را پریشـان می‌کنـد. پلک‌هـا را بـر هم می‌گـذارد.
- عزیزم، سرت را بیاور تو. خطرناک است.
سام از یک زانتیا سبقت می‌گیرد.
هروقـت کـه بخواهـد از کنـار ماشـینی بگـذرد، چشـم‌هایش را تنـگ می‌کنـد. از یـک وانتی هم سـبقت می‌گیـرد. از درزهـای ماشـین بادی سـرد بـه داخـل می‌آیـد. سـارا شیشـه را می‌بنـدد.
بـه صحنـۀ تصادف دیگری نزدیک می‌شـوند. روی چند جنـازه پارچه کشیده‌انـد. می‌گذرنـد. از کنـار جنازه‌هـا در سـکوت می‌گذرنـد.
- چه تأسف‌آور. چه بلایی سرشان آمده؟
پایـش را روی گاز می‌گـذارد. نـگاه سـارا می‌افتـد بـه موبایـل سـام کـه دیگـر سـاکت اسـت، بیـن دو صندلـی و کنـار دنـده.
- من تشنه‌ام، تو چی؟
- من هم انگار.
نزدیک یکی از مغازه‌های کنار جاده نگه می‌دارد. پایین می‌رود.
سـارا گوشـی را روشـن می‌کنـد. تـو را به‌خـدا زود بـاش، روشـن شـو. تپـش قلبـش بـالا رفتـه. گوش‌هایـش داغ شـده. وای چقـدر کنـد اسـت.
- خیلی بی‌شعوری.
سام برگشته و بیرون کنار پنجره سمت او ایستاده است.

- چی؟

جـواب نمی‌دهـد. از پنجرهٔ سـمت خـود بطری‌های آب را پـرت می‌کند روی صندلی پشـت. سـوار می‌شود.

- تو به من چی گفتی، جناب استاد دانشگاه؟

بـا چهره‌ای خشـمگین فریـاد می‌زند: «چطـور به خودت اجـازه می‌دهی، خانـم رئیـس دپارتمان؟ تو آیـا حریم خصوصی می‌دانی چیسـت؟»

گوشی را در جیب کتش می‌اندازد.

- حریـم خصوصـی؟ از کی تا حالا؟ مگر ما زن و شـوهر نیسـتیم؟ من واقعاً خوابم یا عوضی شـنیده‌ام؟ خود تو مگر سـرت تو گوشـی من نیسـت مدام؟

وارد شـهر شـده‌اند و حـالا با سـرعت مـرگ می‌رانند. نه انگار شـهر اسـت و بایـد آهسـته‌تر برانـد. روی پـل گیشـا چنـان سـرعتی می‌گیـرد کـه آینـهٔ بغل سـارا بـه آینـهٔ بغـل راننـده‌ای می‌گیرد و خـرد می‌شـود. می‌رسـند خانـهٔ مادر. پـارک می‌کنـد. بی‌هیـچ حـرف و سـخنی پیـاده می‌شـود و او بی‌هیـچ نگاهی گازش را می‌گیـرد و مـی‌رود.

سـاعت ده شـب اسـت. آهسـته کلید می‌چرخانـد و وارد می‌شـود. مادر خوابیـده. پـا درون تاریکـی می‌گـذارد. نـور چراغ‌هـای خیابـان آشـپزخانه و سـالن را روشـن کـرده اسـت. دیگـر نـا بـه تـن نـدارد. به‌زحمـت بدنـش را حمـل می‌کنـد، بـا خـود می‌کشـد.

از آن ماشین‌سـواری پرترافیـک و گاه باشـتاب و آن حـرف آخـر در حـال تجزیـه و ویرانـی اسـت. روی تخـت باریکـش می‌افتـد. تمـام سـلول‌های پوسـتش در حال سـوختن‌اند. چشـم و جانش خـواب می‌خواهـد ولی ذهنش گریـز می‌زنـد. انـگار جـدال دو گـرگ کـه بخواهنـد یکدیگـر را بدرنـد.

موبایلش را نگاه می‌کند. ساعت یازده است و او تلفن نکرده.

از من ناراحت است؟ خیلی بدکاری کردم.

زیر پتو می‌رود. حس مجرمی را دارد که بخواهد پنهان شود.

از من ناراحت است؟ کار بدی کردم.

بیرون، باد گاهی هو می‌کشد. تنش از ماشین‌سواری کوفته است و سردرد دارد. به یادش می‌آید؛ آن رفتار سام، آن تلفن‌ها، آن توهین.

من که قبلاً به گوشی‌اش دست می‌زدم. حتی تلفنش را گاهی می گفت من جواب بدهم. چرا امشب نه خودش جواب داد و نه گذاشت من...

دست و پاهایش یخ کرده‌اند. از زور خستگی با همان لباس‌ها رفته زیر پتو. به سقف چشم می‌دوزد که از نور کوچه نیمه‌روشن شده.

مسواک نزده‌ام. شاید برای همین خوابم نمی‌برد.

بیخ گلویش از خشکی می‌سوزد. تشنگی نیست. ازدست‌رفتن است. با این‌همه لباس، زیر پتو تنش به خارش می‌افتد. لخت و عور زیر پتو می‌رود. ساعت موبایلش را نگاه می‌کند؛ چهار صبح.

چرا مثل همیشه پیام تلفنی نداد که رسیده است؟ کار بدی کردم. به‌خاطر من تلفنش را خاموش کرد؟ فردا تلفن می کنم و از دلش درمی‌آورم، ولی او بود که به من توهین کرد.

لیوانی آب می‌نوشد. مسواک می‌زند و دو قرص خواب‌آور. باید بخوابم.

گرگ بی‌خوابی زوزهٔ پیروزی می‌کشد.

ساعت موبایل زنگ می‌زند. شش صبح است. پیام تلفنی ندارد.

ای سام، سیامک، سامِ سارا، سام من، سامسارا کجایی؟

گنجشک‌ها یکدیگر را بیدار می‌کنند. صدای خش‌خش جاروی رفتگر از کوچه می‌آید. پرده را پس می‌زند. از تاریکی دیشب خبری نیست، اما صبح هم صبح نیست. همه‌جا و همه‌چیز زیر نوری خاکستری و غبارآلود است. درِ ساختمان را که باز می‌کند، بوی دود هجوم می‌آورد. پولی کف دست رفتگر می‌گذارد. گربه‌های ولگرد

کیسه‌های آشغال سر خیابان را به‌هوای غذا پاره‌پاره کرده‌اند. باد میان شاخ‌وبرگ‌های سیاه از دود درختان چنار زوزه می‌کشد.

نه امروز و نه روز بعد سام جواب تلفنش را نمی‌دهد.

آن تلفن‌ها! از من عصبانی‌ست. قهر کرده. اولین بار است که قهر کرده. به گذشته فکر می‌کند، به آن اوایل رابطه. به حالت چهرهٔ سیامک. به سگ مطیعی شباهت داشت و حالا؟ جواب تلفن را نمی‌دهد.

گویا نوری بر ذهنش می‌تابد: هر چه را خواست، از من به دست آورد.

غروب پس‌فردا، به در خانه‌شان می‌رود.

می‌دانم مادرش از من خوشش نمی‌آید. ولی هیچ‌گاه به من بی‌احترامی هم نکرده است. خبر هم که ندارد ما عقد کرده‌ایم. چه بهتر. خوبی رازداری همین است.

وقتی به خانه‌شان می‌رسد، هوا کاملاً تاریک و چراغ خانه هم خاموش است. با این حال زنگ در را فشار می‌دهد، ده بار. کسی نیست. هیچ‌کس جواب نمی‌دهد. زنی پنجاه‌ساله با موهای جوگندمی در ساختمان را باز می‌کند.

ـ از این همسایه، آقای سیامک شریفیان خبر دارید؟

زن همان‌طور که در ساختمان را روی هم می‌گذارد، جواب می‌دهد: «بله دیشب رفتند خارج، پیش نامزدشان، شیرین خانم. مادرشان هم اینجا را گذاشته‌اند برای فروش.»

قلبش می‌جوشد و می‌خروشد. مثل رودخانه‌ای که بخواهد سیل بیاورد.

جلو دیگران باید قوی بود. به‌خصوص مادر خودم، وگرنه می‌گوید آن از شوهر سابقت که هر چه گفتیم زنش نشو، معتاد است و تو کار خودت را کردی. این هم از این که مخفیانه ده سال زن عقدی‌اش بودی. که چی؟ چون مادرش راضی نیست؟ آخرش چه؟

- بیا لااقل یک استکان چای بخور. ده روز است نه درست می‌خوابی و نه لقمه‌ای غذا به دهان می‌گذاری. دور چشم‌هایت حلقهٔ سیاه افتاده.
- میل ندارم، مادر.
ولی استکان چای را می‌گیرد و می‌گذارد روی میز.
- خب معلوم است که مادری سنّتی نمی‌تواند یک زن مطلقه را به چشم عروس ببیند. هر چقدر هم آن زن خوشگل باشد. آن مردی که من دیدم، فقط پی پول و عشق و حال خودش بود.
- تو را به‌خدا بس کن.
مادر فقط نگاه می‌کند و سری از حسرت تکان می‌دهد.
- حالم خوب نیست. می‌روم بخوابم.
در اتاق‌خواب با بیزاری نگاهش می‌افتد به کامپیوتر که ده روز است روشنش نکرده. ناگهان هیجانی تمام دلش را می‌گیرد. کامپیوتر را روشن و اینترنت را وصل می‌کند.
چرا زودتر به فکرم نرسید؟ شاید ایمیلی داده.
ایمیلش را باز می‌کند. نه، هیچ ایمیلی از سیامک نیست. لبهٔ تخت می‌نشیند و آهی سنگین می‌کشد. ناگهان چشمش می‌افتد به کیف سوغاتی‌ها، کلوچه و زیتون‌پرورده، که زیر میز انداخته بود و به‌کل فراموشش کرده بود. با بی‌حالی و بیزاری بلند می‌شود تا سوغاتی‌های مادر را بدهد. زیر تمام آن خرت‌وپرت‌ها یک پاکت نامه است:
«برای سارا و مقام والایش»
سارا به خودش می‌گوید همیشه نامه‌ها را با سامسارا شروع می‌کرد. چرا این یکی را این‌طور نوشته؟
ادامه می‌دهد:
«خواهش می‌کنم شجاع باش. باور کن هرگز تو را فراموش نخواهم

کرد و نسبت به تو همیشه وفادار خواهم ماند. شعلهٔ این عشق همیشه در قلبم فروزان است. می‌دانم که از زندگی سابقت سختی بسیار کشیده‌ای و من شرافتمندانه ندیدم که بیشتر رنجت دهم. من شایستگی تو را ندارم. تو مقام والایی داری و سزاوار جفتی بالاتر از من هستی. می‌دانم غصه خواهی خورد و این مرا خیلی شکنجه می‌دهد، اما اگر مرا دوست داری، خواهش می‌کنم بر خود مسلط باش. من نمی‌خواستم در آینده با سردشدن این عشق تلخی‌های بیشتری به کامت بریزم. به خودم قول داده بودم همیشه نگهدار تو باشم. به‌همین دلیل مرا فراموش کن. من در شأن تو نیستم. تو خانمی. زیبایی. فرهیخته‌ای، و من چقدر بدبخت و ناتوانم. من بیمارم. باید برای درمان به آمریکا بروم و معلوم نیست چه وقت بتوانم برگردم یا برنگردم. از طرفی مادری دارم که نمی‌توانم به او دروغ بگویم. به او واقعیت را گفتم.

باور کن عشق تو از دلم بیرون نمی‌رود.

مرا مقصر ندان.

این سرنوشت است که با ما این بازی می‌کند. تو به یک مرد سالم احتیاج داری، نه من که مریضم و هر آن احتمال زخمی‌شدن و مرگم نزدیک است. آه که اگر تو مثل زنان دیگر بودی، چقدر جدایی از تو آسان بود؛ زنانی که فقط به فکر پول‌اند، اما عزیزِ دوست‌داشتنی من، این محبت صادقانهٔ توست که باعث جذابیت بیشتر تو می‌شود.

امیدوارم موقعیت مرا درک کنی. من از روز اول شیفتهٔ تو شدم. از عشق تو سیراب می‌شدم بدون آنکه به عاقبت خطرناک آن فکر کنم. ما چطور می‌توانیم با هم خوشبخت باشیم؟ هرگاه با دوست و خانوادهٔ من وقت بگذرانیم، قضاوت‌ها تو را رها نخواهند کرد، و من نمی‌توانم تحمل کنم کسی به تو اهانت کند. آیا بهتر نیست ما خاطرهٔ این عشق

را همچـون راز خوشـبختی زندگی‌مـان درون خود نـگاه داریم؟

من باید بروم.

مرا ببخش.

دیوانه شده‌ام.

همیشـه خـوب باش و بـدان من مـرد بدبختی بیش نیسـتم. مـرا فراموش کـن ولی دوسـتم بدار. مـرا ببخش.

وقتـی ایـن نامه را می‌خوانـی من فرسـنگ‌ها از تو دور شـده‌ام. مرا ببخش. خداحافظ. سیامک.»

اطرافـش و تمام اتاقش را همه آتش فرا گرفته اسـت. پـس دوزخ که می گویند همین است.

از اتـاق می‌گریـزد. نفس‌زنـان برمی‌گـردد و نامـه را برمـی‌دارد. دوبـاره فـرار می‌کنـد. پنجره‌هـای بـزرگ را می‌گشـاید.

باد سرد پاییز، خانه را بوران می‌کند.

مادر حرف می‌زند، ولی او چیزی نمی‌شنود.

نامـه میـان انگشـت‌هایش وزن سـنگینی دارد. چنـان سـنگین کـه تنش را خـم می‌کنـد.

باید خودش را آرام کند.

آتشی معلوم نیست از کجا صورت و شقیقه‌هایش را می‌سوزاند.

پس همان شب رفته‌اند. سیامک و شیرین.

مـادر فیلـم صامـت سیاه‌وسفیدی‌سـت؛ لب‌هایـش می‌جنبـد ولـی صـدا نـدارد. بـاد میـان پرده‌هـا می‌پیچـد و نـور چـراغ سـقفی کم‌سـو می‌شـود. از آشـپزخانهٔ همسـایهٔ طبقـهٔ بالا صـدای آب می‌آید. بـه چارچوب تکیـه می‌دهد و انـگار بـا غضـب نـگاه می‌کنـد. چـون دیگر لبـان مـادر نمی‌جنبد و سـرش را پاییـن می‌انـدازد.

می‌گفت: «تو یک وقار خاصی داری. انکارناپذیر است.»
مادر باز هم دارد حرف می‌زند، ولی او هیچ نمی‌شنود.
اما این که مادر نیست، سیامک است. کاش مرا میان بازوان خود می‌گرفتی. سامسارا، سامسارا. تو این نام را درست کردی.

قلبش زیر سینه با ضربه‌های شدید و نامرتب می‌زند. نور چراغ کم‌سوتر می‌شود. کم‌سوتر. دیگر نوری نیست. تاریکی‌ست. باد هوهو می‌کند. آتش تمام قلب را می‌گیرد و تن در دوزخ می‌سوزد. زمین زیر پایش فرو می‌رود. اتاق دور سرش می‌چرخد. تسلیم می‌شود. می‌افتد.

۲۰۲۰

شهرت

در یکـی از قدیمی‌تریـن محله‌هـای تهـران زندگـی می‌کنـم. آسانسـوری در کار نیسـت. لانه‌موشـی سـرِ طبقـهٔ پنجم، روی بـام. در پاگرد هـر طبقه انگار چشـم‌هایی از لای در مـرا می‌پاینـد. با انگشـت اشـاره به پیشـانی‌ام می‌زنم: آسـه برو، آسـه بیـا کـه گربه شـاخت نزنه!

از هفت‌چـاک بدنـم عـرق روان اسـت و سـینه‌ام بـه خس‌خس افتاده کـه بـه طبقـهٔ آخر می‌رسـم. چندیـن بـار در روز باید ایـن پنج طبقـه را بالا بـروم، پاییـن بیایم.

بایـد حواسـم باشـد رابطـه‌ام را در حـد سـلام‌وعلیک نگـه دارم مبـادا فرصـت درددل بـه آن‌هـا بدهـم تـا بعد وقتـم را بگیرند. روزی ده سـاعت باید کار گِل کنـم. چـه کاری‌سـت کـه باقـی وقتـم را صـرف دل‌بـه‌دل‌دادنِ زنـان همسـایه کنـم کـه چـرا شـوهر نمی‌کنـم؟ اگـر شـوهر کـرده‌ام، کجاسـت؟ نکند سـر شـوهرم را خـورده‌ام. مأموریـت رفته؟ نکند دختر ترشـیده باشـم؟ ای بابـا، شـوهر خـوب کجـا بـود؟ چه‌بهتـر کـه شـوهر نمی‌کنـی! خـودت خانـم و آقای خودت هسـتی، اما شـتری اسـت کـه دم خانهٔ همـه می‌خوابد. دیـر و زود دارد، همیـن!

به آلونک که می‌رسم، چون بالاتر است، داغ‌تر است. آفتاب دارد زمین و هوا را تبخیر می‌کند. نفسم درنمی‌آید. کولر را روشن می‌کنم و با همان لباس روی تخت غش می‌کنم.

نمی‌دانم چقدر می‌گذرد. تلفن زنگ می‌زند. حتماً نرگس است. گفته بود ساعت پنج عصر زنگ می‌زند. تا به تلفن برسم، قطع می‌شود. مانتو و مقنعه را درمی‌آورم و به چوب‌رختی پشت در ورودی آویزان می‌کنم. برمی‌گردم لبۀ تخت بنشینم چشمم می‌افتد به سیاوش که وسط اتاق ایستاده است. عطر میخک اتاق را پر می‌کند. مثل همیشه یک دسته‌گل میخک برایم آورده است.

در آغوش هم چفت می‌شویم. می‌بوسیم.

- امروز با نرگس قرار است برویم پیش یک ناشر. باهاش آشناست. گفته شعر هم چاپ می‌کند.

چیزی نمی‌گوید. می‌پرسم: «نرگس را که یادت است؟»

هنوز وسط اتاق ایستاده که تلفن باز زنگ می‌خورد. این بار بهش می‌رسم و برمی‌دارم.

- الو.

آن‌طرف خط کسی حرفی نمی‌زند.

- الو.

- می‌دانی، این صدمین بار است که زنگ می‌زند و چیزی نمی‌گوید؛ کارش فوت‌کردن است. زمستان پارسال، وقتی از اصفهان برگشتم، شروع کرد به تلفن‌کردن. هر شب زنگ می‌زد. می‌گفت که سناریوی فیلم می‌نویسد و دعوت کرد به خانه‌اش بروم تا با هم فیلمی ببینیم. انگشتانش را میان موهای قهوه‌ای‌ش می‌برد و با انگشت اشاره سرش را می‌خاراند.

- پارسال؟
- آره، جشنوارهٔ شعر ۱۳۷۷.
- خب حرفش چیست؟
- می‌گفت با تو شرط می‌بندم.
- چه شرطی؟
- می‌گفت اگر از فیلم خوشت نیامد، هرچه گفتی انجام می‌دهم! من هم گفتم متأسفانه کار دارم، نمی‌توانم بیایم. اصرار می‌کرد که از خنده روده‌بر می‌شوی. عالی‌ست!

کنارم روی تخت می‌نشیند.

- و بعد؟
- وقتی جواب رد شنید، روزهای بعد تماس می‌گرفت، سکوت می‌کرد و بعد قطع می‌کرد.
- خب چرا؟
- چرا چی؟ چرا نرفتم پیشش؟
- آره.
- من چطور می‌توانم عشقی چون تو را که از خوش‌تیپی مثل هنرپیشه‌های هالیوود هستی بی‌خیال بشوم؟

تلفن بی‌درنگ زنگ می‌زند.

نمی‌توانم پریز تلفن را بکشم. منتظر تماس نرگس هستم.

ولی مزاحم زنگ می‌زند و قطع می‌کند. زنگ... زنگ... زنگ... زنگ...

گوشی تلفن را روی زمین می‌گذارم تا اشغال بماند. چای سرد آماده می‌کنم.

صفحهٔ پایانی کتابم را می‌خواند:

«تبریزم،
به شهنشهت، به شمست
دوست می‌دارمت
آن‌سان که حافظ خاتون و نباتش را
تبریزم،
به صائبت، صائب
به آن تنت که دارد تمنای این تنم
به زرتشت، به آتش و به آذرت
تو را به خاکم به رستمانت به ستار و باقرت
دوست می‌دارمت
تبریزم،
حیدربابا گویلر بوتون دوماندی[1]
به آن پرندهٔ سرخ میان سینه‌ات
تبت ریخته به باقی فانی‌ام
بسوخته روح عشقبازی‌ام
صلیب کشیده آغوشت به زندگانی‌ام
حیدربابا
دوست می‌دارمت
تبریزم،
به فارسی مادری‌ام به لهجهٔ وصال
نشکفته همچو آتشی در همه عمر در تنم
و من دوست می‌دارمت.»
سکوت می‌کنم تا شعر را تمام کند.

۱- حیدربابا آسمان‌ها تماماً مه‌آلود است.

- سبکت عوض شده؟
کنارش می‌نشینم و به چشم‌های خمار عسلی‌اش نگاه می‌کنم.
- با اجازهٔ بزرگ‌ترها، بله.
- جانوم سان.
- عاشق این جانوم سان گفتن‌هایت هستم.
فنجان چای را به لب و تا گوشی را سر جایش می‌گذارم، تلفن باز زنگ می‌زند.
- ماشاءالله چقدر حرف می‌زنی؟
- حرف نمی‌زدم. مزاحم داشتم. گوشی را اشغال نگه داشتم بلکه رویش کم شود!
- خب، آماده‌ای؟ با پراید یشمی می‌آیم سر کوچه دنبالت.
- مبارک است. تو هم دنباله‌رو مد شده‌ای؟ پرایدی شده‌ای؟
- حالا بیا و خوبی کن و در این گرما برو دنبال رفیق دورهٔ بچگی‌ات.
هر دو می‌خندیم. توی راه‌پله، سیاوش پشت سرم شتابان می‌آید.
زودتر از زمان قرار رسیده‌ایم. تیغ آفتاب تابستان بالای سرم نیست، اما بخاری از گرما روی سر زمین معلق مانده. ده دقیقه بیشتر نیست بیرون ایستاده‌ام که قطره‌های عرق روی ستون فقراتم سر می‌خورد پایین و می‌رسد به کمر شلوارم. کتاب از عرق دستم، نم برداشته است.
نرگس سر وقت می‌رسد. مانتوی سفید پوشیده و رژلب صورتی به لب‌های پر و پیمانش زده است. کولر ماشین حالم را جا می‌آورد.
- چی بهش گفتی که راضی شده کتاب شعر چاپ کند؟
طرح ترافیک تمام شده بود و از خیابان جمهوری به‌سوی میدان انقلاب روبه‌روی دانشگاه می‌رفتیم.
- خب خبر داری که رمانم را این ناشر چاپ کرد. رمان خوب فروش

کرد. بهش گفتم این دوستم شعرهایش معرکه است. کتابش را مثل نبات می‌برند. می‌دانی ناشر یعنی کاسب. دنبال پول است.

داشتم بیرون پنجره را نگاه می‌کردم که با حرف نرگس آب دهانم توی گلویم گیر کرد، و افتادم به سرفه: «آخر چرا این را گفتی؟ اگر نخریدند، چی؟»

ـ دخترجان، اگر این‌جوری نگویم که هزار سال دیگر کسی قبول نمی‌کند. آخر این دوره و زمانه چه کسی شعر چاپ می‌کند؟ به‌جز شاعری باید بلد باشی کتابت را لانسه کنی.

لبخندی به رویش می‌زنم: «الحق که خبرنگاری و می‌توانی از کاه کوه بسازی و از قصه‌های کوچک رمان.»

ـ حالا بفرما، به‌جای تشکر کردن است؟ خبرنگار از کاه کوه می‌سازد؟

می‌خندم: «شوخی می‌کنم. منظورم این است که خوب بلدی صحبت کنی.»

وقتی وارد می‌شویم، به‌جز ناشر و دبیر داستان انتشارات سه مرد دیگر در اتاق‌اند که نصفه‌نیمه جلو پای ما بلند می‌شوند.

ناشر ریزنقش است با موهای جوگندمی صاف و ریش یک‌روزه. دبیر داستان انتشارات ولی قدبلند و لاغر است، یاد لورل و هاردی افتادم. جناب دبیر شلوار کهنه‌ای به پا دارد که به‌مرور زمان به‌دلیل اتوکشی برق افتاده. شلوارش را تا ساق بالا کشیده مبادا زانو بخورند. پاهای دراز و لاغر پشمالویش بیرون افتاده‌اند.

از سه مرد دیگر توی اتاق، یکی سبیل‌توده‌ای، چاق و با غبغب، دومی شصت‌ساله، کچل و سبزه، سومی با سبیل‌هایی زرد از سیگار دورتادور اتاق نشسته‌اند.

ناشر به ما صندلی‌های روبه‌روی خود را تعارف می‌کند تا بنشینیم.

نرگس با آب‌وتاب مرا معرفی می‌کند: «فروغ جدید، پروین عصر ما.»

مردها دارند سرتاپای مرا ورانداز می‌کنند و من همین‌طور از عرق و خجالت در حال آب‌شدنم. چیزی نمانده روی زمین ذوب شوم. بند کیف سیاهم را مدام دور انگشتم می‌پیچم و باز می‌کنم. فقط این‌قدر نفس دارم که بگویم: «نرگس!»

یعنی تمامش کن، از این خبرها نیست. نرگس ولی کوتاه نمی‌آید. رو به ناشر و دبیر: «می‌بینید چقدر خجالتی‌ست؟ اگر فقط کمی اعتمادبه نفس داشت، باور کنید تا حالا...»

نمی‌گذارم حرفش را تمام کند. بلند می‌شوم و کتاب را می‌دهم به آقای دبیر که پاهای پشمالویش از شکاف میان میز معلوم است: «بفرمایید. خدمت شما.»

مرد شصت‌سالهٔ سبزه‌رو با لهجهٔ شمالی به من می‌گوید: «تبریک می‌گویم، دخترم.»

چشمم می‌افتد به سیاوش که گوشه‌ای ایستاده و با چشم‌های مهربانش مرا می‌نگرد. عطر میخک به مشام می‌رسد. لبخندی می‌زنم و می‌نشینم.

مرد سبیل‌توده‌ای با نرگس شروع به خوش‌وبش می‌کند، می‌پرسد: «چند سال با هم زندگی کردید؟»

نرگس که حوصلهٔ این سؤال‌ها را ندارد با اکراه جواب می‌دهد: «چهار سال.»

- این آدم چرا سمپاتیک نیست؟

بقیه چشم به دهان نرگس دارند و منتظرند چیزی بگوید. مرد سبیل‌زرد چشم از لب‌های صورتی نرگس برنمی‌دارد. خطاب به نرگس می‌گوید: «برای رمان بعدی‌تان اگر خدمتی از من بربیاید، لطفاً بفرمایید.»

سبیل‌هایش مرا یاد کسی می‌اندازد. کسی که اصرار می‌کرد شعرهایم

را به انگلیسی ترجمه کند. کسی که اصرار می‌کرد به خانه‌اش بروم. دودل بودم، اما بالاخره یک روز به خانه‌اش رفتم. رفته بود از آشپزخانه چای بیاورد. چرخی در اتاقش زدم. دفتر اشعارم را از کیفم بیرون آوردم و خواستم بگذارم روی میزش که چشمم افتاد به جعبهٔ کاندومی که وسط دفتر و دستک‌هایش دیده می‌شد. انگار به‌عمد گذاشته بود تا آن را ببینم. سینی چای به‌دست از آشپزخانه آمد. به میز اشاره کردم و گفتم: «خجالت نمی‌کشی؟»

لبخند زد.

ابروهایم را در هم کشیدم.

گفت: «اخم‌کردنت هم زیباست!»

دفتر اشعارم را برگرداندم توی کیفم، رو به در خروجی حرکت کردم. پشت سرم آمد و بازویم را گرفت. سرم را که برگرداندم، چشم‌درچشم شدیم. گفت: «ببین تو چشم‌های شیطان و لبخند زیبایی داری.»

سکوت کرده بودم. از خشم دندان‌هایم روی هم کلید شده بود و از نفرت حالت تهوع داشتم.

ـ می‌توانم در معروف‌شدن کمکت کنم.

سکوتم ادامه داشت.

ـ ببین، مردها موجودات بدی نیستند، دروغ نمی‌گویند. قبول کن، چون تو زیبا و تنها هم هستی، هورمون مردانه‌شان آن‌ها را به‌طرف تو می‌کشاند. تو باید از این موقعیت حداکثر استفاده را بکنی!

ـ منظور سوءاستفاده است؟

ـ این حق توست.

ـ پس شرف چی؟

ـ من نمی‌دانم شرف یعنی چی؟ من دارم با تو معامله می‌کنم.

- که هورمون مردانه بشود پلهٔ ترقی؟

بازویم را از دستش بیرون کشیدم و در را باز کردم که بروم. باز هم پشت سرم آمد و در را گرفت و گفت: «من با بقیه فرق دارم. من عاشقتم؛ یعنی روز عروسی‌ام عاشقت شدم. وقتی داشتی می‌رقصیدی.»

نرگس که نزدیک میز ناشر ایستاده است، می‌آید به‌سویم و کاغذی می‌گذارد روی کیفم، روی پایم: «مبارک است. قرارداد کتابت. بندبند بخوان. بعد امضا کن. من دیگر باید بروم روزنامه. شب می‌بینمت.»

مرد چاق سبیل‌توده‌ای می‌خواهد سر صحبت را باز کند که نرگس می‌گوید: «ببخشید من دیگر باید بروم. سردبیر منتظر است.»

می‌رود و نگاه‌ها به‌دنبال آن اندام زیبایش. دقیقه‌ای نیست رفته که شوهر سابقش می‌آید با موهایی یکدست سفید و پوستی زرد و کیفی زیر بازویش. مردها این بار برخلاف دفعهٔ پیش تمام‌قد جلو پای او بلند می‌شوند. مرد می‌آید و کنار من روی صندلی جای نرگس می‌نشیند. سرشانه‌های نحیفی دارد. بادی به دماغ می‌اندازد. سوراخ‌های دماغش اندازهٔ گردویی گشاد می‌شوند.

می‌خواهم بگویم ببخشید، ممکن است پنجره را باز کنید تا هوا عوض شود؟ چیزی نمی‌گویم. بوی عرقش دارد خفه‌ام می‌کند.

ناگهان مرد چاق سبیل‌توده‌ای می‌گوید: «جلو پای شما نرگس خانم رفت.»

سکوت سنگینی می‌شود. سنگینی آن می‌افتد روی نفسم. مرد سبیل‌زرد به شوهر سابق نرگس می‌گوید: «واقعاً باید هنرمند بود تا بشود با نویسنده‌ای مانند شما زندگی کرد. هر زنی شایستگی زندگی با مردی چون شما را ندارد.»

ناشر دستور می‌دهد برای شوهر سابق چای بیاورند.

کاغذها را نخوانده امضا می‌کنم، می‌گذارم روی میز ناشر تا بلکه زودتر از آن جمع خارج شوم، ولی مرا معطل می‌کنند تا اول به کار شوهر سابق رسیدگی کنند. قراردادی‌ست که باید منعقد بشود و کارش را راه می‌اندازند تا برود.

سبیل‌توده‌ای می‌پرسد: «چه کتابی‌ست؟»

شوهر سابق به‌جای جواب مشتش را می‌کوبد روی میز: «رمان، آقا، رمان. آمده‌ام تکلیفم را با ادبیات ایران روشن کنم.»

مشتش چنان صدایی می‌دهد که بدنم روی صندلی بی‌اختیار تکان می‌خورد.

چیزی حدود صد صفحه کاغذ می‌گذارد جلو ناشر.

دوباره بادی به گلو می‌اندازد و چانه‌اش را جلو می‌آورد. سوراخ‌های دماغش همان‌طور گشاد می‌مانند.

بستهٔ کاغذ دیگری می‌گذارد روی میز ناشر: «و این یکی هم نامه‌های صادق هدایت.»

چایش را هورت می‌کشد و می‌رود.

بعد از اینکه شوهر سابق می‌رود، سبیل‌توده‌ای دستی به سبیلش می‌کشد: «این یارو هم دست از سر مرده‌ها برنمی‌دارد.»

ناشر که دارد قرارداد مرا امضا می‌کند، با ته خودکار گوشش را می‌خاراند: «ما چه‌کار به این کارها داریم. ما کاسبیم. کتاب باید فروش داشته باشد که دارد! نه به‌خاطر او، به‌خاطر صادق هدایت. رمان مزخرفش هم سگ‌خور چاپ می‌کنیم.»

از دفتر ناشر بیرون می‌آییم. سیاوش می‌گوید: «گرمای هوا شکسته شده، پیاده تا خانه برویم؟»

قدم‌زنان برمی‌گردیم. می‌زند زیر آواز.

روزا با تو زندگیو پر از قشنگی می‌بینم، شبا به‌یاد تو همه‌ش خوابای رنگی می‌بینم.

- با این صدای محشری که داری، کاش بروی پیش یکی از این استادهای آواز. آخر حیف نیست؟

دستم را می‌گیرد.

- حیف تویی، خوشگلم.

بر بام، روشنایی ملایم ماه از پس غبار بر شهر می‌ریزد، و چند ستاره به‌زحمت در آسمان زینت شب شده‌اند. دستم را به پلاک سربازی توی گردنم می‌کشم. عطر میخک زیر دماغم می‌آید.

- بیا سودابه، پیتزا پپرونی گرفتم که دوست داری.

نرگس رسیده است و این حرفش مثل صاعقه‌ای‌ست بر خیالات من.

- وای خدایا، ببین چقدر شمع روشن کرده.

با دو گیلاس می‌نشینیم پشت میز کوچکی که هم میز غذاست و هم میز نوشتن.

نرگس چشمش می‌افتد به پلاک توی گردنم.

- دیوانه، این پلاک سربازی هنوز گردنت است؟ بالاخره کی می‌خواهی در زمان حال زندگی کنی؟ سیاوش تمام شد، رفت. استخوان‌هایش هم پوسیده.

گیلاس‌ها را پر می‌کنم: «وقتی مقایسه‌اش می‌کنم با مردهای امروزی، می‌فهمم چقدر پاک و شریف بود و برای وطنش کشته شد. آن‌وقت این پسره، چی؟ هنوز با تلفن‌هایش مزاحم می‌شود.»

گیلاس خودش را برمی‌دارد و دیگری را می‌دهد دست من: «بیا برویم پشت‌بام.»

باد نسبتاً خنک شبانگاهی روی پوست بازوها می‌سُرد و موهایمان را به بازی می‌گیرد.

- سودی‌جان، گور بابای این آدم‌های جلف. بیا انتشار کتابت را جشن بگیریم.

گیلاسش را به گیلاسم می‌زند: «به‌امید جهانی‌شدن شعرهای تو.»

و می‌نوشد. من هم می‌نوشم.

- شوخی می‌کنی؟ شعرهایم ایران هم چاپ شود کلاهم را می‌اندازم هوا.

لبهٔ بام ایستاده‌ایم. به کنارم می‌آید: «چاپ می‌شود، دوستم. رم که یک‌شبه ساخته نشد. قدم‌به‌قدم.»

نرگس دستش را می‌نشاند روی کتف راستم.

عطر میخک می‌پیچد. سیاوش است. به‌سویش سر می‌چرخانم. لبخند می‌زند. او هم دستش را می‌نشاند روی شانهٔ چپم.

۲۰۲۰

رقص باهاری

بعدازظهر یک روز بهاری بود.

از دانشگاه به خانه برگشتم، خسته و گرسنه. رفتم آشپزخانه ناهاری بخورم، مثل همیشه غذا ته گرفته بود و بوی سوختگی می‌داد. چاره‌ای نبود، همین بود که بود. داشتم توی بشقاب غذا می‌کشیدم که مادرم از پشت موهای دم‌اسبی‌ام را کشید و با لگد میان کمرم زد و فحش آبداری نثارم کرد: «حق نداری زن این یارو بشوی.»

ولی، ما ازدواج کردیم. بیست و هفت ساله بودم. دلیل ازدواج عشق نبود. پدرم مرده بود و از مادرم هم حساب نمی‌بردم. احساس آزادی می‌کردم و برای اولین بار می‌توانستم تصمیم بگیرم. گرچه این تصمیم و طلاق بعدش تمام زندگی‌ام را زیرورو کرد، اما آزاد شده بودم و می‌توانستم هرکاری که دلم می‌خواست بکنم، پرواز کنم و از آزادی لذت ببرم.

و من ازدواج را انتخاب کردم.

چون به زندگی در قفس تربیت شده بودم، ازدواجم چیزی بود شبیه به قفس اول، البته با کمی تفاوت، اما روح سرکشم در جست‌وجوی

آزادی بود، بنابراین پس از پنج سال، متوجه شدم جایی که هستم، چیزی از زندان کم ندارد.

آشنایی با شوهر سابقم، مهم‌ترین و جدی‌ترین رابطه‌ام با جنس مخالف در زندگی بود. برای ازدواج با او با تمام فامیل جنگیدم. و سی و دو ساله بودم که طلاق گرفتم.

یک صبح خیلی زود آن مرد را دیدم. در ایستگاه میرداماد تهران منتظر مترو بودم تا به سر کارم بروم. اولین بار بود که می‌دیدمش، در آن سیاهۀ جمعیت، در آن شلوغی بی‌اعتنای صنعتی، میان آن‌همه شتاب انسانی و از دیگری سبقت‌گرفتن‌ها. از آن شلوغی‌ها که تلویزیون در متروهای ژاپن نشان می‌دهد.

آن لحظه، وقتی برای اولین بار دیدمش، قلبم لرزید. درست مثل وقتی که آدم عاشق می‌شود. طور عجیبی نگاهم می‌کرد. آمد و کنارم ایستاد. خوش‌تیپ‌ترین مردی بود که به عمرم دیده بودم، بلندبالا، مژه‌ها و ابروها پرپشت و قهوه‌ای، چشم‌ها ثانیه‌ای خاکستری و ثانیه‌ای بعد سبزآبی. از آن به‌بعد هر صبح در ایستگاه مترو او را می‌دیدم، یا درست زمانی که به‌شدت احساس تنهایی می‌کردم، سروکله‌اش ناگهان پیدا می‌شد، و وقتی ظهور می‌کرد با آن چشم‌های گاهی خاکستری گاهی سبزآبی‌اش، با نیروی مرموز چنبره‌زده در نگاهش، ارادۀ مرا چنان به‌سوی خود می‌مکید که دیگر محال بود کس دیگری به چشمم بیاید. هرچیز و هرکس دیگری جز نگاه بین ما می‌شد مثل سوژه در عکس‌های لانگ‌شات که دور می‌شد و مات می‌شد؛ یعنی بودند ولی محو و نامشخص و دور. آیا قرار بود با این مرد ازدواج کنم؟

گاهی زن‌ها که در ازدواج خوشبخت نمی‌شوند، می‌گویند روز خواستگاری زبانشان بند آمده است. فکر می‌کردم این هم توجیهی‌ست

برای کم‌عقلی. بهتر نیست آدم مسئولیت اشتباهاتش را بپذیرد؟ اما وقتی زبان خودم هم بند آمد، متوجه شدم بلا دارد نازل می‌شود؛ البته با این فرق که مال من خواستگاری نبود. اسمش را باید چه گذاشت؟ طلسم؟

پدرشوهرم تهدیدم کرده بود که اگر از پسرم طلاق بگیری، با جادو و جنبل کاری می‌کنم که دیگر نتوانی ازدواج کنی و دیگر هیچ مردی عاشقت نشود، اگر هم شد، به وصال هم نرسید. از همان سی و دو سالگی، از همان صبح سرد و خاکستری بهمن‌ماه، از همان روز طلاق این حرفش مدام توی سرم می‌چرخید. آن روز جلو روی خودش و تمام روزهای پس از آن در خلوتم به حرفش خندیده بودم، به‌خصوص هربار که مرد جوانی پا پیش می‌گذاشت و ابراز عشق می‌کرد، به بیهودگی جادویش بیشتر می‌خندیدم. مطمئن به زیبایی، جوانی و هوشم بودم، اما از همان روز با تهدید مرد جادوگر چیزی در قلب و درونم لرزید.

چون پسر جادوگر ناتو و ناخلف از آب درآمده بود، پس از طلاق انتخاب از میان مردهای جوان عاشق برایم کار سخت پروسواسی شده بود تا سه سال بعد که خواهرم عروس شد. در جشن عروسی، میان زنان و مردان جوانی که دست‌افشان و پای‌کوبان می‌رقصیدند، در آن تئاتر شاد و آن جمعیت انبوه، در آن شلوغی نیمه‌تاریک نیمه‌روشنِ چراغ‌های رنگی روی سن رقص که نمی‌توانی به‌راحتی کسی را تشخیص دهی، آن مرد دوباره آمد.

و من که رقصان و پای‌کوبان، آنی پیش نگاهم به زوج‌های خوشبختی بود که دست‌دردست هم با شور و حرارت می‌رقصیدند و می‌خندیدند، روی سن رقص ناگهان ایستادم. نه، بهتر است بگویم سر جا خشکم زد. مژه‌هایم به هم خورد. چشم‌هایم خیس شد. آب دهانم را فرو دادم. گلویم درد گرفت.

قدبلند بود با اندامی ورزیده، سینهٔ فراخ، چانهٔ سخت، دست‌های بزرگ و محکم، موها جوگندمی، با کت‌وشلواری خاکستری و قدم‌هایی بسیار استوار، طوری که وقتی راه می‌رفت، حس می‌کردی زمین زیر پایت می‌لرزد. از آن تیپ‌ها که به‌راحتی می‌توانست توجه خیلی از زن‌ها را به خودش جلب کند، و باز آن نگاه نافذ خاکستری‌اش چنان ارادهٔ مرا تسخیر کرد که محال بود بتوانم به کس دیگری نگاه کنم یا حرکت دیگری انجام دهم. داشتم می‌رقصیدم، ولی ایستادم. دست بر گلویم گذاشتم. درد می‌کرد.

اگر از پسرم طلاق بگیری، با جادو و جنبل کاری می‌کنم که دیگر نتوانی ازدواج کنی و دیگر هیچ مردی عاشقت نشود، اگر هم شد، به وصال هم نرسید.

در دلم همیشه به این تهدید می‌گفتم غلط کردی. می‌بینی کسی هست که دست از سرم برنمی‌دارد.

حالا دیگر ده سالی از طلاقم گذشته بود. استاد دانشگاه هنر و معماری در مقطع دکترا بودم. اما تنها زندگی می‌کردم و هنوز نیمهٔ گمشدهٔ خود را پیدا نکرده بودم.

بهار بود و با سه استاد همکار مرد، سی دانشجو را برای سفری علمی‌هنری سه‌روزه به اصفهان می‌بردیم. دو تا از استادان مجرد بودند و در رقابتی طنازانه سعی می‌کردند دژ قلب مرا به روی خود باز کنند. دانشجوها متوجه بودند. فضای لطیفی ایجاد شده بود.

اما او ناگهان آمد. در کافه‌ای بین راه نشسته بودیم که آمد. از آن پس سایه‌به‌سایه دنبالمان می‌کرد. دیگر همه می‌دانستند او به‌نوعی همراه، قوم‌وخویش، یا آشنای من است، اما درواقع هیچ‌یک از این‌ها نبود. هیچ‌کدام. به کسی نمی‌توانستم حرفی بزنم یا معرفی‌اش کنم. چه

معرفی‌ای؟! مگر او خودش را به من معرفی کرده بود که بدانم کیست و چیست و چه می‌خواهد که معرفی‌اش کنم؟ بعد از آن سایه‌به‌سایه آمدن‌ها، دیگر آن رقابت شوخ‌وشنگ میان آن دو استاد محو شد و جایش را نوعی سرما، احتیاط یا حتی نگرانی گرفت. تا جایی که یک‌بار غفلتاً از دهان یکی شنیدم «بادیگارد» و بعد کرکر ریز و پنهانی خندهٔ دیگران. طوری رفتار می‌کرد که هیچ استاد یا دانشجویی به خودش اجازه نمی‌داد جز برای درس جلو بیاید و حرف دیگری بزند. تا می‌خواستم مثل سابق باهاشان گرم بگیرم، با چشم‌های سرد خاکستری‌اش روبه‌رو می‌شدم، یا کنارم سبز می‌شد. متوجه شده بودم وقتی با هم تنهاییم، رنگ چشم‌هایش به سبزآبی تغییر می‌کند ولی در حضور دیگران چشم‌هایش خاکستری می‌شوند.

همان روز اول سفر، پس از بازدید از آتشگاه، هنگام عصر برای استراحت و غذاخوردن به باغی رفتیم. آمد و کنارم زیر سایهٔ درخت سرو غول‌پیکری نشست. زیبایی مرموزش یکی از دختران دانشجو را به‌سوی خود کشاند؛ یکی از خوشگل‌ترین دخترها که همهٔ پسرها توی نخش بودند. دختر به‌بهانهٔ اینکه می‌خواهد چیزی به من بگوید، به رویم خم شد و گل نیلوفر کبودی را با لبخند شیرینی روی پای او انداخت. من همچنان اسیر نیروی مغناطیس چشم‌هایش بودم. نگاهش انگار از جایی دور، از جایی ورای نگاه انسانی، قدرت و زندگی می‌گرفت.

دخترک منتظر واکنشی از سوی او بود؛ لبخندی، نگاهی، لرزشی، حرفی. او گل را ابتدا میان دندان‌هایش له کرد و بعد تفاله‌اش را به درون نهری در نزدیکی‌مان تف کرد. دخترک لب ورچید و رفت.

نه اینکه عاشقش بودم؛ چیزی لازم‌تر از عشق مرا به او وصل می‌کرد. او یک ضرورت بود، مانند آب برای ماهی. آرام‌آرام همه‌کس و همه‌چیز در اطرافم داشت او می‌شد. فرصت‌های دیدار و انتخاب کس دیگر را نه

به من می‌داد و نه به دیگری. نمی‌توانستم بفهمم این درتنهایی‌زیستن آیا انتخاب من است یا نیرویی ورای اراده‌ام مرا به مسیری سوق می‌دهد که تصور کنم این منم که تصمیم می‌گیرم.

پانزده سال از طلاقم گذشته بود. دو سالی می‌شد که دندان‌پزشکم اصرار به معاشرت می‌کرد. بالاخره تصمیم گرفتم جواب مثبت دهم. وقتی ازش پرسیدم از میان این‌همه دختران جوان زیباروی شهر چرا من؟ جواب داد در شما وقار و اصالت یک ملکه را می‌بینم.

دعوتم کرد سفری به پاریس کنیم و چند روز و شبی را در این شهر پررمزوراز بگذرانیم تا بیشتر با هم آشنا شویم. در یکی از باشکوه‌ترین رستوران‌های محلهٔ زیبای لوکزامبورگ نشسته بودیم.

بعد از دو روز خوشی، نمی‌دانم چطور باز ناگهان سروکلهٔ آن مرد پیدا شد. آمد و راست نشست پشت میزمان، کنار من و روبه‌روی دندان‌پزشک. از شدت خشم چهره‌اش مهیب و دهشتناک شده بود. هیچ خیال نمی‌کردم صورت به‌آن زیبایی بتواند چنین وحشتناک شود که مرد روبه‌رویم را هم فراری دهد.

دکتر رفت.

باز من ماندم و او.

من او را هم می‌خواستم و هم نه. می‌خواستمش چون ملال را از قلبم دور می‌کرد و وقتم کیفیت تازه‌ای می‌گرفت؛ نوعی تجربهٔ خاص که با دیگری محال بود. نمی‌خواستمش چون وقتی می‌آمد، دیگر روال عادی زندگی و همه‌چیز و همه‌کس به پستو می‌رفت، و من کنترل بر هر چیزی را از دست می‌دادم.

در واقع قرار با دکتر یک محک بود برای خودم که چقدر قادرم دیگری را طاقت بیاورم بعد از این‌همه سال، ولی نمی‌دانم او از کجا خبر شد!

از سفر پاریس به‌بعد بود که دیگر مطمئن شدم نباید با هیچ مردی قراری بگذارم، چون او می‌آمد و حالش را می‌گرفت.

دنبالم کرده و نشانی خانه را یاد گرفته بود. شبی از اتاقم در طبقهٔ دوم به کوچه که نگاه می‌کردم، دیدمش زیر نور چراغ ایستاده و به قاب آبی پنجره‌ام چشم دوخته است.

روزها، شب‌ها، در باران، زیر برف، در آفتاب، زیر چراغ کوچه می‌ایستاد، اتاقم را دید می‌زد و من پستان‌های برهنه‌ام را در چنگ می‌گرفتم و نشانش می‌دادم.

تا سپیده به یکدیگر نگاه می‌کردیم.

به خاطرم آورد اولین عشق سال‌های نوجوانی‌ام، بهروز را. از پنجرهٔ آشپزخانه به او نگاه می‌کردم. زمستان بود و برف دنیای خیابان سی و ششم گیشا را سفید کرده بود. بهروز با کت‌وشلوار خاکستری ده متر دورتر از پنجرهٔ آشپزخانه ما، دم در خانه‌شان می‌ایستاد و به من خیره می‌شد و من هم به او.

عشق‌های رومئو ژولیتی دورهٔ نوجوانی. من شانزده‌ساله و او هجده‌ساله. گاهی وقت‌ها هم می‌آمد دم مدرسه. به هیچ‌کدام از هم‌کلاسی‌ها دربارهٔ او حرفی نزده بودم. بهروز به‌موازات من و دو دختر هم‌کلاسی‌ام تا دم خانه پیاده با ما می‌آمد. فقط زیرچشمی به هم نگاه می‌کردیم. فتانه یکی از دختران شر مدرسه که همهٔ پسرها را سر کار می‌گذاشت و مدام در حال فتنه‌کردن بود، دل به بهروز داده بود. می‌گفت: «عجب چشم‌هایی دارد، خاکستری‌ست، آبی‌ست؟ آدم نگاهش که می‌کند، دیوانه می‌شود.»

یک نامهٔ پرسوزوگداز عاشقانه هم برای بهروز نوشته بود.

یک روز که زنگ تعطیل مدرسه به صدا درآمد و مثل همیشه دسته‌دسته حلقه‌های کوچکی شدیم برای بازگشت به خانه، حدود دویست متری که

از مدرسـه دور شـدیم، فتانـه رفـت طـرف بهـروز و نامه را گذاشـت تـوی جیب کُتش. ناگهان ایسـتادیم، یعنی سـر جـا خشـکمان زد. فتانه با لبخنـدی فاتحانه و سـرتاپا کرشـمه و قـر و نـاز بهسـوی مـا برگشـت. فتانـه در حلقـهٔ دوسـتان من نبـود، ولـی همـه شـاگرد یـک کلاس بودیـم و همـه همدیگـر را می‌شـناختیم. کسـی نمی‌دانسـت بهـروز برای کـدام دختر هـرروز این‌همه پیـاده‌روی می‌کند. بهـروز نامـه را نخوانـده مچالـه و پرت کـرد در جـوی پـر از گل‌ولای. فتانه باور نمی‌کـرد این‌همـه فتانت و عشـوه به کارش نیامده باشـد. از شـدت خشـم رنگ صورتـش مثـل کوره‌های آجرپزی سـرخ و آتشـین شـده بود.

هـر روزی کـه بهـروز را می‌دیـدم، برایـم بهتریـن روز عالـم بـود. گرچـه مـا هرگـز یـک کلمـه هـم با هم حـرف نـزده بودیـم، ولی همـان نـگاه بین ما کافـی بـود تا از چشـمهٔ عشـق هم سیراب شـویم.

تـا اینکه یـک روز پدرم دم پنجره مـچ ما را گرفت. موهـای بلند بلوطی‌ام میـان مشـت پدر تـاب می‌خـورد و من هـم بـا آن می‌چرخیدم. همـان عصر مـادرش بـه خانه‌مـان آمد و من با تن کبود در بسـتر مرگ و عشـق بـودم. قرار شـد برود سـربازی و برگـردد تا بعد تصمیم بگیریم. جنگ شـروع شـده بود. رفـت بـه جنگ. سـیزده ماه بعد با سـر روی سـینه به خانه برگشـت.

زمـان گذشـته بـود. زمـان خیلـی گذشـته بـود. از شانزده‌سـالگی مـن و هیجـده سـالگی او خیلی گذشـته بـود. او رفته و مـن مانده بـودم. مانده بودم بـا کسـی که دیگـر نمانـده بود.

یـک عصـر باهاری، وقتـی به خانه رسـیدم، کلید کـه انداختـم، در را که گشـودم، وارد حیاط که شـدم، در را همچون گذشـته نبسـتم. او هم وارد شـد و از آن پـس دیگـر از حیاط و حیاتـم بیرون نرفت.

به‌محـض اینکـه بـا مـن وارد شـد، جایی بـالای سـرم، میان شـاخ‌وبرگ درخت کهنسـال سـرو ناگهـان دو جغد سـفید شـروع کردند بـه بال‌وپرزدن.

از این شاخه به آن شاخه می‌پریدند. با هر حرکت آن‌ها برگ‌های خشک به زمین می‌ریخت. بالا را نگاه کردم چیزی، پرنده‌ای، جغدی ندیدم ولی من صدای هوهو و بال‌زدن‌های پیوسته و مرتب جغد را می‌شنیدم. ته گلویم می‌سوخت.

به‌سرعت وارد اتاقی شد که به حیاط پنجره داشت. پنجره را گشود. سی‌دی سرناد شوبرت را در دستگاه پخش گذاشت و از همان پنجرهٔ کوتاه نزدیک به زمین به حیاط برگشت.

تمام حیاط و حیات و خانه شده بود موسیقی سرناد.

دست به دستم انداخت، به‌نرمی مرا به‌سوی خودش کشاند. زیر درخت سرو.

پرنده آن بالاها بیشتر بال‌وپر زد. پرهای سفیدی در هوا می‌چرخید و پایین می‌آمد و میان موهایم می‌نشست. تاجی از پر بر سرم نشست. یک دستش را محکم و سفت دور کمرم حلقه کرد، انگار که مبادا بخواهم بگریزم. انگشتان دست دیگرش قلاب شد میان انگشتان دستم. قسمتی از کمرم به‌اندازهٔ کف دست یک مرد منجمد شد و آن دست دیگرم در جا یخ زد. سرمای مطبوع سوزانی در تمام تنم منتشر شد. می‌خواست با او برقصم، رقصیدم. می‌خواست با هر آهنگی که می‌گذارد، برقصم. رقصیدم. هر سازی که می‌زد، می‌رقصیدم.

از میان شاخه‌ها و ساقه‌های کهنسال سرو، پرتوهای آفتاب مانند نورافکن به رویمان می‌بارید و زمین زیر پایمان را روشن می‌کرد، انگار روی سن نمایش باشیم. کمی بعد، این میلیون‌ها ذرهٔ نور ناپدید و به‌جایشان ابرهای سیاهی به آسمان جلوه‌ای اسرارآمیز دادند. باران بارید. آفتاب آمد. باز باران بارید و باز آفتاب آمد.

سر را رو به بالا گرفتم، چشم‌ها بسته، دهان باز، باران نوشیدم.

پـودری از بـاران بـر پلک‌ها، لب‌هـا، موها، بازوها و سـینه‌هایم می‌نشسـت، و مـا همچنـان می‌رقصیدیـم. بـا صدای شـوبرت و بـاران؛ لحظهٔ شـناوری.

سـال‌ها از آن عصـر باهـاری می‌گـذرد، و مـن هنـوز بـا آقـای تنهایـی دارم می‌رقصـم. گاهـی تنهایی رنـج نیسـت، برعکـس خلاصی‌سـت؛ مثلاً وقتـی به‌هـر دلیلـی ماننـد بیمـاری خانه‌نشـین می‌شـوی و چاره نـداری کـه اول وقت را بگذرانـی و بعـد آن را بسـازی. یا وقتی دیـدار هیچ دوسـتی را برنمی‌تابی. اما به‌راسـتی کـدام دوسـت؟ پـس شـک می‌کنـی. به‌تلخـی همه‌چیـز زیـر سـؤال مـی‌رود. آیا درسـت زندگی کرده‌ای؟ معاشـران خوب داشـته‌ای؟ دوسـتانت آیا تـو را دوسـت دارنـد؟ و ناگهـان تصمیـم بـه هم‌نشـینی بـا تنهایی می‌گیـری، و کم‌کـم در تنهایـی چـون صخره‌ای می‌شـوی بـر کنارهٔ دریـای سـبزگون از خزه.

ویراست اول ۲۰۱۲

ویراست دوم ۲۰۲۲

لکهٔ خون

در رستورانی سه نفر نشسته‌اند. زن و مردی تقریباً همسن و سال، و یک پسر نوجوان.

رستوران رومیزی‌های ساتن قرمز و صندلی مخمل قرمز دارد و دسته‌ها و پایه‌های سفید.

مرد صاحب رستوران است. پسر رو به زن می‌گوید: «عمه‌جون، بابا ده ساله می‌گه می‌خواد منو ببره شمال، دریا. مامانم می‌گه اون دو تا رو همیشه می‌بره. به من فقط قول می‌ده. حالا می‌گه این قول با دفعه‌های قبل فرق داره.»

بعد سرش را می‌اندازد پایین و در سکوت شروع می‌کند به جویدن ناخن‌هایش. عمه با لبخند می‌گوید: «عزیزم تو تازه ده سالت تموم شده، یعنی از تو قنداق که بودی بابات بهت قول می‌داده؟»

همین‌طور که گوشهٔ ناخنش را به دندان گرفته، جواب می‌دهد: «مامانم می‌گه ده ساله. می‌گه از وقتی من به دنیا اومدم وضع همین بوده.»

عمه دستی به سر پسر می‌کشد و می‌گوید: «ناراحت نباش عزیزم، ماهی رو هر وقت از آب بگیری، تازه‌س.»

پدر با تشر داد می‌زند: «اَهه، چرا این‌قدر ناخن می‌خوری؟ نکن، بچه!»

توجهی به حرف‌های پدرش ندارد، انگارنه‌انگار چیزی شنیده است، همین‌طور ناخن می‌جود. درِ رستوران باز می‌شود و دو زن جوان وارد می‌شوند و تا صندلی‌شان را انتخاب کنند و بنشینند، چشم‌های مرد خیره به کپل‌های چاق یکی‌شان است که در مانتو تنگ و کوتاهش با هر قدم بالا و پایین می‌شود و می‌لرزد. ناگهان از جا بلند می‌شود و می‌گوید: «خواهرجان، من برم به این مشتری‌ها سرویس بدم و برگردم.»

اما خواهرش که دارد از پنجره بیرون را نگاه می‌کند، با این حرف برادر سر برمی‌گرداند و می‌بیند برادرش دارد گارسون جوان را دک می‌کند تا خودش از زن‌ها سفارش بگیرد.

عمه با گره روسری‌اش ور می‌رود. رو می‌کند به پسر، روبه‌رویش آن‌طرف میز، می‌پرسد: «خب عمه‌جان، مامانت چطوره؟ حالش خوبه؟»

نگاه پسر به پدر است، بدون آنکه به عمه نگاه کند، ناخن می‌جود و جواب می‌دهد: «خوبه.»

پنجهٔ پاهایش روی زمین و پاشنهٔ پاهایش در هوا در رعشه‌ای ابدی می‌لرزند. شلوار جین گشاد قدیمی پوشیده است. کفش‌های ورزشی کهنه و پیرهن قرمزی که نو نیست. عمه خط نگاه پسر را می‌گیرد. پدر مات شده به لب‌ها و سینه‌های برجستهٔ یکی از زن‌ها. پدر سفارش غذا را از زن‌ها می‌گیرد و می‌دهد به یکی از گارسون‌ها. برمی‌گردد و می‌نشیند سر میز. به خواهرش می‌گوید: «پسرم ورزشکاره، قهرمان شنا شده!»

با کف دست چند بار می‌زند به شانه‌های پسر. عمه با لبخند می‌گوید: «آفرین، بابا رو هم با خودت ببر شنا، برای پادردش خوبه.»

گارسون پیش‌غذا را می‌آورد. عمه قاشقی ماست‌موسیر به دهان می‌گذارد، پسر دارد با دست پوستهٔ سرانگشت‌هایش را می‌کند، می‌گوید:

«بهش می‌گم بیا، نمیاد!»

پدر چشمکی می‌زند، معلوم نیست به کی، به زن‌های میز روبه‌رویی، به پسر یا به خواهرش و می‌گوید: «پدرسوخته تو بابات پول‌داره، می‌تونه پول استخرت رو بده. من چی؟ من از کی پول بگیرم از این غلط‌ها بکنم؟»

عمه دوباره ماست‌موسیرش را مزه‌مزه می‌کند و از پسر که با نوشابه و نی مشغول است، می‌پرسد: «می‌خوای چی‌کاره بشی؟»

قبل از اینکه جواب بدهد، پدر می‌گوید: «براش یه رستوران می‌زنم!»

پسر دوباره شروع می‌کند به ناخن‌جویدن. گوشهٔ ناخنش خون می‌افتد: «نه! می‌خوام قهرمان شنا بشم. می‌خوام تمام دریای خزر رو شنا کنم. بهش می‌گم من و مامانم رو ببر شمال، نمی‌بره.»

عمه با لبخند می‌گوید: «شمال هم می‌ری عزیزم، اما این‌قدر ناخنت رو نخور.»

با تعجب می‌پرسد: «چرا؟»

- چرا؟ خب ببین چطور زخم شده!

پسر بلند می‌شود. پدرش می‌پرسد: «کجا؟»

- دستشویی.

وقتی پسر می‌رود. زن با خوشحالی می‌پرسد: «می‌خوای ببری‌ش شمال؟ خوب می‌کنی، داداش. خب این بچه چه گناهی کرده افتاده بین شما دو تا؟ طلاق گرفتین که گرفتین. پسرت، محبت می‌خواد. توجه می‌خواد.»

- به جون خواهر حوصله‌اش رو ندارم. نه خودش رو، نه اون ننهٔ ازریخت‌افتاده‌ش رو!

- اون موقع‌ها که عاشق چشم و ابروش بودی!

- خوشگل بود ولی یه شکم که زایید، زشت شد.

- حالا اون هیچی، آخه این چه لباس‌هاییه که تن بچه کردی؟ گناه

داره. دیگـه ده سالشـه. مگـه تو ندار هسـتی؟ چـرا بچه‌های اون زنـت لباس‌های برند بپوشـن، این یکی شـلوار جین بَگیِ ازمدافتاده! به‌سـلامتی شـصت سـالته.

ـ ننـه‌ش هـر روز تلفـن می‌کنه پـول می‌خواد. ماهـی خداد تومـن بهش پول مـی‌دم، می‌گـه کمـه. بچـه‌ش رو می‌فرسـته سـراغم. ایـن بچـه هم اومـده می‌گه می‌خـوام کـس و کارم رو ببینـم. بـه تـو روم می‌شـه ایـن بچه رو نشـون بـدم ولی بـه بقیهٔ فامیـل که روم نمی‌شـه.

ـ بچه‌ش رو می‌فرسته سراغت؟ مگه بچهٔ تو نیست؟

نـگاه مـرد پرسـه می‌زنـد روی تـن آن زنـی کـه سـه میـز دورتر نشسـته و همان‌طـور کـه رویـش بـه آن‌طرف اسـت، می‌گویـد: «ننه‌ش می‌گـه اگه پول رو زیـاد نکنـی، میـام سـر کارت، جلو همـکارات آبـروت رو می‌بـرم. به من چـه که بهـش پـول بـدم؟ این‌همه سـاله که مـا جدا شـدیم!»

خواهـر ابـرو می‌گردانـد و چشـم‌غره‌ای می‌آید، اما مـرد ادامه می‌دهـد: «اصلاً مـن یـه غلطی کـردم یه تولـه هم پس افتـاد، تا آخر عمـر باید تاوانـش رو بدم؟»

خواهر می‌گوید: «عزیزم، بشین!»

پـدر تـازه متوجـه می‌شـود کـه پسـر بـالای سـرش ایسـتاده اسـت. روی دسـتمال‌کاغذی سـفید دور انگشـت‌هایش لکه‌خونی است. دسـتمال‌کاغذی خونـی را از سـر انگشـتش می‌کنـد و وسـط میـز پـرت می‌کنـد. تـا پـدر از جایـش بلنـد شـود، پسـر از رسـتوران خـارج شـده اسـت. خواهـر سـری به افسـوس تـکان می‌دهـد. مـرد آه سـردی می‌کشـد امـا بـا اشارهٔ زن آن یکـی میـز چشـمانش بـرق می‌زنـد. انگشـتش را در هـوا به اجـازه تـکان می‌دهد و بـه خواهـرش می‌گویـد: «الآن میـام.»

بعد می‌رود به سمت آن زن.

ویراست اول ۲۰۰۴

ویراست دوم ۲۰۱۲

خط قرمز

مامان به نادره گفت: «برو نون بخر.»

ظهر تابستان بود. تنها نانی که در نانوایی محلهٔ جمشیدآباد آبادان پخت می‌شد، تافتون بود. با دوتا از بچه‌های هم‌سن‌وسال همسایه راهی شد.

همه قرار بود برای خانه نان بخرند. به نانوایی تافتون می‌رسند، اما تعطیل است. یکی از بچه‌ها می‌گوید که نانوایی دیگری هم هست البته نان لواش، اما بیرون دروازه است. باید از ایست بازرسی رد بشوند. دومی می‌گوید: «البته به ما کاری ندارن، فقط ماشینایی رو که داخل میان، وارسی می‌کنن.»

بچه‌ها و خانه‌ها و خانواده‌ها، همه محصورند در یک محوطهٔ نظامی؛ کمپ دریایی. بچه‌ها تصمیم می‌گیرند برای نان از حصار، از بازرسی عبور کنند. بابا قدغن کرده بود که هیچ‌وقت نباید از این حصار رد شد، اما تا دو ساعت دیگر بابا برای ناهار می‌رسد و مامان هم گفته بود باید برای ناهار نان بخرد. از ایست بازرسی، از دروازهٔ کمپ رد می‌شوند. کسی کاری به کارشان ندارد. به نانوایی می‌رسند و نان می‌خرند. دارند برمی‌گردند با دست پر و حس خوب بزرگ‌شدن. کاری را که می‌گفتند

خطرناک است، انجام داده بودند با موفقیت، بدون مشکل و هیچ دردسری. به خانه می‌رسند. مامان می‌پرسد: «از کجا این نون رو خریدی؟»

- از نونوایی اون طرف دژبانی.
- مگه نگفته بودم اون طرفا نری؟ اگه به بابات نگفتم؟
- مامان تو رو خدا به بابا نگی ها! با بقیهٔ بچه‌ها بودیم. خودت گفتی برو نون بخر.
- تو غلط کردی. من که نگفتم برو اونجا. اگه بابات بفهمه.
- مامان تو رو خدا، تو رو خدا به بابا چیزی نگی ها. خواهش می‌کنم.
- فعلاً بچه‌ها رو صدا کن بیان سر سفره. بار آخرت باشه‌ها.

ناهار را خورده نخورده خوابید. اولین بار بعد از ناهار دلش می‌خواست بخوابد. توی دلش هی جمع می‌شد. تمام حواسش به قلبش بود که خیلی عجیب می‌تپید. کف دست‌هایش یخ کرده بود. دست‌هایش را گذاشت لای پاهایش و زیر پتو کز کرد. خورخور کولرگازی لالایی شد برایش.

بابا همیشه سر ساعت دو بعدازظهر می‌رسد. نادره صدای پایش را شنید. زیر پتو گلوله شد و نفسش حبس تا هر چه را مامان و بابا می‌گویند، بشنود. به‌هوای نادره، خواهر و برادر کوچک‌تر هم کنارش دراز کشیده بودند، بلکه بخوابند، و بلکه مادر یک بعدازظهر بتواند نفس راحتی بکشد.

بابا از حیاط کوچک آسفالت‌شده گذشت. وارد اتاق شد. دو اتاق بیشتر نبود. یکی کوچک، یکی بزرگ. تمام زار و زندگی‌شان در همین اتاق کوچک‌تر بود. خواب و خوراک، تلویزیون. اتاق دیگر، میهمان‌خانه بود، با یک دست مبل و مختصر تجملات دیگر. شب‌ها نمی‌توانست از صدای جرینگ جرینگ النگوهای مامان درست بخوابد. زجر می‌کشید تا بخوابد. عروسک‌هایش را محکم به سینه می‌فشرد، طوری که انگار هر چه بیشتر

آن‌ها را به خود فشار دهد کمتر صدای جرینگ‌جرینگ را می‌شنود؛ دو عروسک کوچولوی موقهوه‌ای و موسیاه.

بابا رسیده بود و نادره به‌جرم خرید نان تازه، سرش را کرده بود زیر پتوی نازکی. به خواب رفته بود. خواب که نه کابوس بود یا نوعی بیهوشی و رخوت مغز. از ترس کتک خودش را بیهوش کرده بود.

چقدر طول کشیده بود؟ اول چشم‌هایش باز شد. از میان سوراخ‌های نه‌چندان بزرگ پتو می‌شد دایره‌های روشن نور را دید. بعد صداها را شنید. بابا از مامان پرسید: «اینا چطور خوابن؟»

و بعد صدای خندهٔ بابا. به خودش جرئت داد و سرش را از زیر پتو بیرون کشید. می‌خندد، پس امن و امان است.

مامان برای بابا از فلاسک چای می‌ریخت. برایش قندپهلو گذاشت. بابا با نیشخندی به دختر نگاه می‌کرد. پرسید: «رفته بودی نونوایی؟»

ـ بله.

دختر با خودش می‌گوید آه، پس مامان بدقولی کرد. چقدر این مامان بدجنسه!

سؤال دیگری می‌شنود: «از کجا؟»

سرش را چنان پایین گرفته بود که مهره‌های گردنش تیر می‌کشید.

ـ از اون طرف دژبانی.

زیرچشمی بابا را نگاه می‌کند. عصبانیت و غیظ را توی چشم‌های بابا می‌بیند. هیچ‌وقت نمی‌شود به چشم‌های بابا مستقیم نگاه کرد حتی اگر عصبانی نباشد، بابا هیچ‌وقت از دست مامان عصبانی نیست، ولی با ما بچه‌ها هست.

بابا هر وقت می‌رسد، مامان می‌گوید که بچه‌ها امروز هم مثل همیشه بچه‌های خیلی بدی بوده‌اند و او را خیلی اذیت کرده‌اند و نادره

وقتـی بـه چشـم‌های بابایـش نـگاه می‌کنـد، فکـر می‌کنـد همین حالاسـت کـه بمیـرد. از بـس آن تسـمهٔ نـازک بر کـف دسـتش درد دارد.

صدایش می‌رود بالا: «پرسیدم مگه نگفته بودم اون طرفا نری. لالی؟»

هنـوز تشـر بابـا تمـام نشـده کـه تقـه‌ای بـه در می‌خـورد و بعـد در بـاز می‌شـود. خانـم برازجانـی، زن همسـایه اسـت. می‌آیـد داخـل اتـاق و کنـار مامـان می‌نشـیند. مامـان بـرای او هـم از فلاسـک چـای می‌ریـزد و دو قنـد در نعلبکـی‌اش می‌گـذارد. مطمئنـم خانـم برازجانـی حرف‌هـا را شـنیده یـا شـاید هـم از قیافـهٔ بابـا خوانـده کـه چـه شـده، چـون رو بـه مامـان بـا لهجـهٔ جنوبـی‌اش می‌گویـد: «خانم‌فخـری، خـو نمی‌گفتـی بـه آقاهوشـنگ، بچـه جِگـرِش پوکیـد.»

مامـان رو بـه بابا، جـواب می‌دهد: «من چیـزی نگفتم، خـودش فهمید. پرسـید چطور امـروز نون لـواش داریم؟ گفتم نـادره خریده.»

بعـد درحالی‌کـه نـوک دمـاغ درازش را می‌خارانـد، ادامـه می‌دهد: «من نمی‌تونـم بـه شـوهرم دروغ بگـم.»

خانـم برازجانـی انـگار کـه بهـش برخـورده باشـد، سـرش را از روی مامـان برمی‌گردانـد.

- ووی، چـه می‌گـی خانم‌فخـری؟ خـو یعنـی مـو بـه شـوهروم دروغ گفتـوم؟ اگـه راسـتش می‌گفتـوم، خـو بچه‌مـو سیاه کـرده بـود. مِـی بِچَـم چقـدر جـون داره. خـو قلبـش قـدِ یـه گنجیشـکه.

نـادره، خانـم برازجانی را خیلی دوسـت دارد، پیش خـودش فکر می‌کند بـا اینکه جـزو بزرگ‌ترهاسـت، اما مثـل آن‌ها نیسـت. خانم برازجانـی به بابا می‌گویـد: «اگـه اجـازه بدیـد نادره بـره پیـش رؤیا، کمکـش کنه برای مشـقِ حسـاب و دیکتـه. شـانس آوردین کـه این بچه درسـش خوبه.»

بعـد بـه نـادره نـگاه می‌کنـد. تـه چشـمش برقـی می‌زنـد کـه فقط نـادره

متوجهش می‌شود. بابا رو به نادره سرش را بالا می‌گیرد و می‌گوید: «پاشو برو به رؤیا کمک کن.»

مثل فشنگ در می‌رود. همسایهٔ دیواربه‌دیوارند. در حیاط باز است. رؤیا با لباس توی حوض سنگی کوچک گوشهٔ حیاط دارد آب‌بازی می‌کند.

نادره می‌گوید: «تو داری بازی می‌کنی؟ مامانت گفت بیام و توی درس حساب و دیکته کمکت کنم.»

– مشق‌هامو دیشب بوآم کمک کرد و نوشتُم. مامانم گفت چون امروز نون تازه خریدُم، جایزه‌م اینه داخل حوض اُو بازی کنم. تونَم بیا.

نادره می‌فهمد که نیت خانم بزارجانی چه بوده است و به خودش می‌گوید ای کاش مامان منم یه کم مهربون بود.

رؤیا باز صدایش می‌کند: «بیو بیو. خیلی کیف داره.»

۶ اوت ۲۰۱۳

کلاه گیس

می‌گفتی ماه عسل زندگی من همین روزهاست. ایام خوشی که هیچ‌وقت نداشته‌ام؛ همین هفت ماه. ای‌کاش ونداد می‌فهمید. ای‌کاش درک می‌کرد.

بعد چشم‌هایت را می‌بستی و دود را نَم‌نَمک از دهان بیرون می‌دادی.

می‌گفتی یادت است هجده ماه تمام از خانه بیرون نرفتم؟ شب‌ها بیدار بودم و روزها خواب، تا آن روز که سر ظهر مجبور شدم بیرون بروم. آفتاب چنان چشمم را زد، انگار از سلول انفرادی بیرون زده باشم.

بعدها مرتب می‌گفتی آن ظهر حس کردم تنم واقعاً شده بود گورم، چون هر روز بیشتر از روز قبل داشتم در خودم دفن می‌شدم. اگر بهروز نبود، اگر عشق او نبود که از بیرون دست مرا بگیرد و بیرونم بکشد، دیگر کارم تمام بود، ولی مگر ونداد می‌فهمد؟ آه، ونداد. ای‌کاش ونداد می‌فهمید.

با آبپاش کوچکی روی گلایل‌ها و میخک‌های سفید آب می‌پاشم.

می‌گفتی مریم، همیشه که مردن یک‌باره نیست، گاهی هرروز و هرلحظه است، و من روزی هزار بار می‌مردم.

از قول بهروز می‌گفتی: «نازی، مگه بدون عشق می‌شه زندگی کرد؟ بدون سکس می‌شه ولی بدون عشق نمی‌شه. فقط تصور کن روزها،

شب‌ها، ماه‌ها و سال‌ها توی انسان روی هم تلنبار بشن، بعد خودت با چشم خودت می‌بینی که داری زیرشون دفن می‌شی، خفه می‌شی.»

می‌گفتی مریم، زندگی من هم در خلسه و در خلأ می‌گذشت. دست‌ها، پاها، شش‌ها، دستگاه گوارش، چشم‌ها و گوش‌ها همه‌چیز این بدن خوب کار می‌کرد. هیچ‌جای تنم معیوب نبود، اما حال انجام هیچ‌کاری را نداشتم. این‌قدر بی‌رمق که حتی جان بیرون‌کشیدن خودم از این ناتوانی را هم نداشتم. بهروز به دادم رسید. ولی مگر ونداد می‌فهمد؟

همین‌که فقط اسمش، بهروز، به زبانت می‌آمد، گل از گلت می‌شکفت. دود را در سینه نگه می‌داشتی و بعد با خست و آهستگی بیرون می‌دادی.

پک عمیقی به سیگارم می‌زنم و بعد گلایل‌ها و میخک‌ها را یک‌در‌میان کنار هم می‌چینم.

می‌گفتی مریم، دیگر تمام امید من اول شده بهروز، بعد تو. اگر تو نیایی که مرا به دوره‌های زنانه ببری، من چطور روی خوش زندگی را ببینم؟

پنج‌شنبه‌عصرها و آن دوره‌های زنانه، در واقع چیزی نبود جز اینکه با پیکان قهوه‌ای بیایم دنبالت و ببرمت خانهٔ بهروز. به شوهر و بچه‌هایت می‌گفتیم دوره. دوتا زنگ پشت سر هم و یک تک‌زنگ رمز ما بود مبادا فامیل شوهرت یا دیگری بیاید و مزاحم شود.

وارد که شدم، دادوهوار ونداد به هوا بود. ونداد تا مرا دید، مثل بچهٔ پدرمرده‌ای که مادرش را ببیند، پرید در آغوشم.

در گوشم گفت: «مریم، تو باهاش حرف بزن، شاید دست از این کارهاش برداره، آدم بشه.»

و بعد در آپارتمان را محکم به هم کوبید و رفت. دوقلوها مرا خاله صدا می‌زدند، ولی ونداد هرگز.

می‌گفتی ونداد طوری به صورتت نگاه می‌کند که از خجالت سرت را می‌اندازی پایین.

می‌گفتی نمی‌فهمد، جوان است. بچه است. چه می‌داند از زندگی من؟ هفده سالم بود که اول‌بار عمه‌ام به مردی پنجاه‌ساله شوهرم داد. بابا و ننه بالای سرم نبود که. عمه هم می‌خواست از شر من راحت شود. ونداد و بعد هم دوقلوها. بیست و یک سالم بود که یارو سکته کرد و مرد. ونداد سه سالش بود. مجبور شدم برگردم خانهٔ عمه. دوباره شوهرم داد بدون اینکه نظرم را بپرسد که این مرد را دوست دارم یا نه؟ می‌خواهمش یا نه. با امسال می‌شود چهارده سال که زن این یکی‌ام.

می‌گفتی من چیزی ازش نمی‌خواهم. می‌دانم که نمی‌تواند. خدا را شکر که رابطه‌اش با بچه‌ها خوب است!

می‌گفتی دوقلوها کاری بهت ندارند، ولی ونداد گیر می‌دهد، بهانه می‌گیرد. از خدا می‌خواستی برود سربازی.

پنجشنبه‌عصری که وارد شدم، ونداد بازوی چپت را چسبانده بود به میله‌های اجاق. داشتی روی تاول‌ها پماد می‌مالیدی. نشسته بودی پشت میز آشپزخانه. بهم نگاه نمی‌کردی. نگاهت به جایی نامعلوم خیره مانده بود.

در سکوت بلند شدی، از کابینتِ قهوه‌ای فلزی چوب‌نما، قُلقُلی را برداشتی. اجاق‌گاز را روشن کردی. سیخ فلزی را گذاشتی روی شعلهٔ آتش. یک حب برداشتی، بین دو انگشت فشار دادی، لهش کردی، گلوله‌اش کردی، دوباره لهش کردی، سیخ که بهش کشیدی دودش بلند شد. دم گرفتی، ولی دود را با خست از سینه بیرون می‌دادی. انگار حیفت می‌آمد. یک‌بار که بهت خندیده بودم و گفته بودم بابا ولش کن. گفته بودی: «دقت کن، همهٔ تَلی‌ها[۱] این طوری‌اند!»

دقت کردم. حق داشتی.

۱- اصطلاحی به‌معنای تریاکی است.

لابه‌لای دودکردن‌هایت به ناخن‌هایت لاک صورتی می‌زدی. برایم ویسکی ریختی، نخوردم، خودت خوردی. آرایش کردی، مثل عروسک شدی.

- بیا کمک کن این کلاه‌گیس رو سرم بذارم.

جلو آینه نشستی. اول موهایت را از پشت با کش بستم. تور نازک زیر کلاه‌گیس را روی موهایت کشیدم و بعد کلاه‌گیس را روی سرت گذاشتم. با سنجاق‌های ریز مشکی سفتش کردم. موهای بلند، فر، زیتونی.

- بهروز، موی بلند زیتونی دوست داره!

- ولی آخه تا کی باید به ساز مردها برقصی؟ این هم شد عشق؟ موهای خودت به این قشنگی.

- پس شوهرم رو چی می‌گی؟ چه کنم اگه به سازشون نرقصم؟

ساعت ده شب آمدم دنبالت که مثلاً از دورهٔ زنانه برمی‌گردی خانه. مانتو اُپل‌دار مد روز تنت بود و شلوار جین بگی. تا نشستی توی ماشین، کلاه‌گیست را برداشتی: «چه کیفی داره آدم با موهای خودش باشه!»

شیشهٔ سمت خودت را پایین کشیدی: «مریم، ای کاش با ونداد حرف می‌زدی. شاید دست از این کاراش برداره و آدم بشه. آخه من هم آدمم. نیستم؟»

کمی بعدتر هم گفتی: «انگار ونداد از تو خوشش میاد. خب اختلاف سنی زیادی که با هم ندارید.»

رژ لبت پاک شده بود. تعریف کردی که بهروز همیشه از پاها شروع می‌کند. انگشت‌های لاک‌زده را، حتی چشم‌ها، گوش‌ها و موها را هم می‌بوسد. می‌گفتی آخیش آدم چقدر راحت می‌شود، سبک می‌شود.

وقتی به خانه‌ات رسیدیم، ده و نیم شب بود. ونداد در کوچه بود با کوله‌پشتی‌ای بر دوش گفت به سربازی می‌رود. تو از خدایت بود که برود سربازی و حالا داشت می‌رفت.

- مامان، وندادجان، مواظب خودت باش.
چنان نگاهت کرد که سرت را انداختی پایین.
می‌گفتی شوهرت در این چهارده سال روزبه‌روز سردتر شده، تو هم دیگر ازش انتظاری نداری. وقتی ازت می‌خواست، همان شش ماه یک‌بار، پشتت را بهش می‌کردی، خیلی زود کارش تمام می‌شد، بعد می‌رفت دست‌شویی و تا برمی‌گشت تو هم سیگاری دود می‌کردی. می‌گفتی جالب است این یکی موهای بلند سیاه صاف دوست دارد و آن یکی موهای بلند زیتونی، و خودم عاشق موی کوتاه. پس من چی؟ من هم آدمم؟ نیستم؟
آره عزیزم، تو هم آدمی. تو هم آدم بودی. حق زندگی و عاشقی داشتی.
پنج‌شنبهٔ آخر، مثل تمام پنج‌شنبه‌ها با پیکان قهوه‌ای آمده بودم دنبالت. سر کوچه که رسیدم، حضور جمعیت مانع شد که با ماشین نزدیک‌تر شوم. شعله‌های آتش از هر چهارسوی خانه زبانه می‌کشید. ناله‌های جگرخراشت از طبقهٔ چهارم ساختمان به سر آن کوچهٔ باریک می‌رسید. تا آتش‌نشان‌ها از ترافیک شهر و تجمع کوچه به تو برسند که در اتاق حبس شده بودی، فریادهایت دیگر سکوت شد، خاموش شد.
دیگر کسی از اهالی کوچه نشنید که بگویی سوختم سوختم، نجاتم دهید. راه باز کردم و رسیدم جلو خانه‌ات. دوقلوها در آغوش زنان همسایه شیون می‌کردند، مرا که دیدند، در بغلم افتادند: «خاله‌جان، خاله‌جان، یعنی مامان زنده می‌مونه؟»
همسایه‌ها دیده بودند ونداد با پیتی از بنزین به طبقهٔ چهارم می‌رود. دوقلوها هنوز مدرسه بودند.
ونداد کجایی؟ چه کسی باور می‌کرد دیوانگی کنی؟ به نازی گفته بودی این خانه را آتش می‌زنم، ولی چه کسی باور می‌کرد؟
آخرین شبی که دیدمت با کوله‌پشتی‌ای بر دوش، گفته بودی می‌روی

سربازی. یک هفته بعد، آتش به پا کردی.

ونداد، حالا کجایی ببینی عمه‌جانِ هفتادسالهٔ مادرت، می‌خواهد دوقلوها را شوهر بدهد؟ بچه‌های چهارده‌ساله را.

نازی، نازی عزیزم، تمام آن خانه سوخت به‌جز تکه‌هایی از کاغذهای خاطرات تو. دیگران جواهرات را در گاوصندوق نگاه می‌دارند و تو نامه‌های معشوقت را.

«نازی،

گاهی مردن نه یک‌باره که هرروز و هرلحظه رخ می‌دهد.

روزها، شب‌ها، ماه‌ها و سال‌ها در وجود انسان حبس می‌شوند. دست‌ها، پاها، شُش‌ها، دستگاه گوارش، چشم‌ها و گوش‌ها، همه‌چیز خوب کار می‌کند و تواناست، هیچ قسمت از بدن ناتوان نیست، اما در عین حال بدن توان انجام هیچ‌کاری را ندارد. بدن ناتوان است. این‌قدر بی‌رمق که حتی توان بیرون‌کشیدن خود از این ملال را ندارد.

رفته‌رفته در خودت می‌میری. دفن می‌شوی. تنت، بدنت می‌شود گور جانت، گور روحت. زنده‌ای و راست‌راست داری راه می‌روی ولی جان در بدن نداری. ملال، «من» یا «جان» را به زوال می‌برد و اگر از بیرون کسی نباشد که دستت را بگیرد و بیرونت بیاورد، دیگر کار تمام است و مرده‌ای.

نوعی مردن که فیزیکی نیست، ولی مردن است. خستگی دائم است. بدن‌هایی هستند، جان‌هایی هستند که خودشان نمی‌توانند به خودشان کمک کنند، اما اگر از بیرون کسی با کاوش به معدن وجودشان برسد، گنجینه‌هایی دفن‌شده را خواهند یافت.»

ویراست اول ۲۰۰۴

ویراست دوم ۲۰۲۰

نشر رها منتشر کرده است:

- ریشه‌ها و نشانه‌ها در نمایش میر نوروزی، مرتضی مشتاقی، مارس ۲۰۲۳، ونکوور
- بوی برگ شمعدانی، مجید سجادی تهرانی، مهٔ ۲۰۲۳، ونکوور
- خطابه‌های راه‌راه: داستانی ناتمام، محمد محمدعلی، ژوئن ۲۰۲۳، ونکوور
- شام کریسمس؛ خورش قیمه‌بادنجان، نوشا وحیدی، ژوئن ۲۰۲۳، ونکوور
- سنگام و دیگر داستان‌ها، مهرنوش مزارعی، آوریل ۲۰۲۴

برای خرید نسخه‌های الکترونیک و چاپی کتاب‌های نشر رها به‌صورت آنلاین از لینک زیر استفاده کنید یا از طریق تبلت یا تلفن هوشمندتان کد QR زیر را اسکن کنید:

https://bit.ly/RahaaBookstore

Shahr-e Krīstāl
(The Crystal City)
Maryam Raeesdana
Editors: Davood Alizadeh
Cover Design: Farhad Sefidi

Rahaa Publishing is the book publishing division of Hamyaari Media Inc.
PO Box 31055, St Johns Street, Port Moody, BC V3H 4T4, Canada
+1-604-671-9505
info@rahaa.pub
www.rahaa.pub
Copyright © 2024 by Rahaa Publishing
All rights reserved, including the right to reproduce this book or portions thereof in any form whatsoever. Without limiting the rights under copyright reserved above, no part of this publication may be reproduced, stored in or introduced into a retrieval system, or transmitted in any form or by any means (electronic mechanical, photocopying, recording or otherwise), without the prior written permission of the publisher.
Shahr-e Krīstāl
(The Crystal City)
Print ISBN: 978-1-7383638-0-3
eBook ISBN: 978-1-7383638-1-0

Shahr-e Krīstāl

(The Crystal City)

Maryam Raeesdana

نشر رها
Vancouver, Canada